筑梦青春

吴宸亮作品集

吴宸亮◎著

九州出版社
JIUZHOUPRESS

图书在版编目（CIP）数据

筑梦青春:吴宸亮作品集/吴宸亮著.--北京:
九州出版社,2019.3（2020.10 重印）
ISBN 978-7-5108-7950-0

Ⅰ. ①筑… Ⅱ. ①吴… Ⅲ. ①中国文学－当代文学－
作品综合集 Ⅳ. ①I217.2

中国版本图书馆 CIP 数据核字 (2019) 第 054489 号

筑梦青春:吴宸亮作品集

作　　者	吴宸亮　著	
出版发行	九州出版社	
地　　址	北京市西城区阜外大街甲 35 号 (100037)	
发行电话	(010) 68992190/3/5/6	
网　　址	www.jiuzhoupress.com	
电子信箱	jiuzhou@jiuzhoupress.com	
印　　刷	三河市兴国印务有限公司	
开　　本	880 毫米×1230 毫米　　　32 开	
印　　张	6.125	
字　　数	104 千字	
版　　次	2019 年 9 月第 1 版	
印　　次	2020 年 10 月第 2 次印刷	
书　　号	ISBN 978-7-5108-7950-0	
定　　价	40.00 元	

前　言

　　这本书是我在潜心钻研写作过程中创作出来的一部文学作品集，它见证着我在钻研写作实践中不断的成长和进步，从青涩到成熟，从最初的幻想主义与浪漫主义到最后的现实主义与理想完美主义。作品之中包含着我对人生观、爱情观、事业观的感悟，比方说《老钟》《泉水和喷泉》《我的爱情在哪里》。作品中也有诗歌，它包含着我对于朝代历史的研究与探讨；比方说《大汉歌》《大唐颂》《大明颂》需要读者仔细研究和思考，才能够读懂其中的含意。虽然有些作品读起来会让人感觉有些青涩，但这毕竟是一个过程，一个从幼稚到成熟的过程，也是一个成长的过程。一个文学创作者从感性到理性和对社会的认知也是需要在创作过程中对于文学不断地探索与了解，需要用心地记录和感悟，如此才能写出一部优秀的作品，而我的梦想就是成为一个作家。这个梦想现在实现了，在实现梦想的过程中也是通过不断思考与积累，再发挥一点灵感和想象力，日积月累的努力创作才有所成就。在我创作的这些作品中，也记录了发生在我身上的一些个人经历，希望能够带领读者走进我的世界，感受一下我实现梦想的创作过程，与我一同分享我的人生、我的生活和我的故事。

目　录

目 录

口吃患者，站起来

　　语言是人类最重要的交际工具，自人类诞生以来，语言便随着人类思维能力的提高而产生。虽然文字是人类开始走向文明时代的标志，但是在人类开始创造并使用象形文字之前，语言就已经存在了。文字是在语言的基础上产生的，没有语言就没有文字，由此可见，语言在人类发展史上扮演着十分重要的角色。人类离不开语言，假如人类没有了语言，就不会有现在的社会，也不会有人类现在的自我，即由语言文字创造出的现代社会，语言文字创造出的有意识、有思维能力的人类，没有语言就没有现在的一切，那人类就将永远停留在原始社会。

　　人类创造了语言，这是人类发展史上的一大重要的进步。如今，语言的使用早已深入人类在生活中的每一个细节和角落，不管在任何场合能说会道、口齿伶俐那就是资本。在《史记·平原君虞卿列传》中有过这样一句话："三寸不烂之舌，强于百万之师。"齐国的使者晏婴在出访楚国的时候，就是凭借着他那作为外交家精彩而又机智的辩驳彻底地挫败了楚王想借此机会为楚国示威的锐气，为自己的国家齐国挽回了国家的尊严，受到了后人的赞颂和敬仰；除了晏子使楚以外，苏秦和张仪的合纵连横，再到诸葛亮为了实现联吴抗曹构想时的舌战群儒，都成为流传千古的佳话。肉食动物们一出生，它首先要学会的第一件事就是捕猎，因为学会了捕猎，它就能够生存在这个世界上，而人类一出生他首先要学会的第一件事就是学说话，因为学会了说话就等于能适应社会，那么他就能够生存在这个社会上。我们买东西需要说话，卖东西需要说话，工作上班需要说话，读书学习需要说话，几乎不管做任何事情都需要说话，我们生活的这个世界就是一个需要说话的世界。学会说话就等于学会了生存，适者生存，不适者淘汰。

然而，在我们日常生活中会有这么一群人，他们不是不会说话，但是他们所说出的话却让一般人很难听懂，这些人就是口吃患者。首先我先解释一下什么叫口吃。口吃就是指说话时有字音重复或词句中断的现象，是一种习惯性的语言缺陷，通称结巴。这是书面上的解释，若是按照口吃患者自己的解释，就是指阻止他们与一般人沟通的一道无形的障碍。他们不是弱者，但是往往被一般人视为弱者。由于不能用正常人讲话的方式说话，他们经常被人嘲笑或歧视。在他人不知情的情况下，他们甚至被误认为是神经病或者是残疾人，就是因为他们在说话的时候，无法表达或者过度紧张以至于在他们不知情的情况下做出一些十分怪异的动作，所以在旁人看来他们几乎和残疾人没什么两样。

然而正是因为他们长期遭到他人的误解、嘲笑和歧视，以至于形成一种自卑、孤立且又内向的性格。口吃患者性格十分内向，那是因为他们渴望能够和正常人一样，可以毫无障碍地与人进行沟通和交流，但是他们因为一次次的讲话失败而屡屡受挫，故而在心里面留下了许多对说话产生恐惧的阴影。他们似乎是早已被社会淘汰的人，由于不能正常地与人进行交流，他们因此不能完全适应这个社会，因为这个社会毕竟是由不口吃的人所掌控着的。

老天赐给了他们正常人一样健壮的体魄，正常人一样的思维能力，正常人一样的家庭和背景，正常人一样的发音器官，但是唯独没有赐给他们一张灵巧的嘴。他们来到这世上似乎是因为前世犯了许多不该犯的错误，所以今生便命中注定地要来到人间接受惩罚。他们的痛苦不但没有人能够理解，而且没有人愿意去理解；他们的烦恼不但没有人能够倾诉，而且找不到可以倾诉的对象。

因为口吃他们经常同爱情擦肩而过，因为口吃他们的优异成绩和表现往往得不到上级领导的高度赏识、关注与认同，也只能碌碌无为地过完他们的一生，因为口吃他们被迫放弃曾经的梦想和追求，因为口吃他们即便是站在有理的角度，也无法通过争辩的方式赢得应有的尊重。他们常常在抱怨中沮丧，在抱怨中失落，一次次的讲话失败让他们痛不欲生，一次次的被人冷落嘲笑和轻视让他们对于未来的生活失去了更多的信心。自信和希望在他们眼里变得十分渺茫，悲观和失望几乎充斥着他们的内心，死亡在他们眼里早已不再是那么可怕，对于他们来说反而成为一种很好的解脱方式。

然而，他们并不知道，社会其实并没有抛弃他们，这个社会一直给予他们无限的关爱，只是他们一直都没有感受到。1997年，由美国言语-语言听力协会、口吃联合会欧洲联盟、国际言

语流畅协会和国际口吃联合会四个组织共同决定：每年 10 月
22 日为"国际口吃日"。从那时候起，国际社会就一直关注着
口吃患者，为了使他们能够早日脱离苦海，减轻口吃患者的精
神痛苦，中国政府还特意在民间成立一个专门针对口吃患者的
组织——中国口吃协会，为的就是让社会上更多的人关心和理解
口吃患者。

在正常人眼中，口吃只是说话方面的一种毛病，并不算
什么大的问题。但是口吃患者却不那么认为，由于他们在日
常生活中总是遭到别人的误解、嘲笑和歧视，以至于把口吃
当成是一种十分见不得人的东西，于是乎产生了心理障碍。
但是，他们看到的只是个别人，大多数人对口吃患者还是抱
有一种理解和同情的态度。在日常生活中，我们不难发现，
口吃患者在出去买东西的时候，即便是口吃了也不会引起卖
方太多的注意，即使卖方知道他有口吃，也只会好心劝说一
句："你说慢一点，不要着急嘛。"若是在公共场合说话的时
候发生口吃，别人往往只是觉得好玩似的笑一下，这种笑并
不带有任何轻视和嘲讽的味道；在笑过之后有些人也会自然
而然十分好心地对口吃患者说："你说慢一点，不要着急嘛。"
至于嘲笑或歧视口吃患者的那一小部分人往往是素质不高
或者文化程度低，他们的嘲笑也只能显示出他们愚昧和无
知。这一点口吃患者大可不必特别在意或理会，凡是笑话别
人缺点的人往往自己也好不到哪里去。

口吃其实是客观存在的自然现象，几乎人人都有。正常人
在情绪紧张和激动的时候也偶尔会口吃，只不过口吃患者却往

往没有注意到。日本东京慈惠会医科大学教授、森田疗法的创始人森田正马就曾经说过这样一句话："口吃人人都有，绝没有从生到死都不发生口吃的人，不过正常人也经常会发生口吃，但他们对口吃不加注意，注意了也毫不介意，即使被人提醒了自己的口吃，他也是会认为这是家常便饭的小事而绝不大惊小怪的。"这句话就恰恰证明了正常人和口吃患者在本质上的区别。

正常人之所以是正常人，是因为他们都对口吃持健康正确的态度，没有隐藏任何心理因素，这个心理因素就是口吃病人在口吃时难以控制的。而口吃患者之所以会口吃，就是因为他们在心里面存在这种对口吃特别关注或在意的病态心理和"唯我独吃"的错误意识。由于错误地认为就自己一人会发生口吃，进而把自己错误地诊断为口吃病人，随之而来就产生了与口吃现象对应的病态心理，这种病态的心理因素就不断地从萌芽到发展直至完全固定下来，于是就成为一个真正的口吃患者了。

正常人和口吃患者的区别不是决定于口吃现象的有无，也不是决定于口吃次数的多少，而是决定于是否存在心理障碍。口吃现象加心理障碍等于口吃病，假如口吃患者要是能够放下一切心理负担，敢于在所有人面前承认自己有口吃就等于是克服了心理障碍，只要克服了心理障碍就等于是治愈了口吃病，治愈了口吃病就等于是战胜了口吃。既然口吃是客观存在的自然现象而且无法改变，我们何不顺其自然像正常人一样，对口吃抱有一个正确的客观态度，让它来时欢迎去时欢送，放下一切对口吃产生的病态心理因素和"唯我独吃"的错误意识来接纳口吃呢？

口吃其实本身就不是一件十分见不得人的事情，它就是一种人们在说话的时候无意间发生的正常现象，口吃患者说白了只是要比正常人口吃的次数多一些罢了，他们有的时候甚至比正常人更加优秀也更加出色。像古希腊雅典的演说家德摩斯梯尼、世界著名物理学家牛顿、法国著名军事家拿破仑、英国著名首相丘吉尔和美国国父华盛顿，他们曾经不都是口吃患者吗？但是他们都能战胜自我成为举世瞩目的伟人，我们口吃患者又何须自卑。伟人的成功只不过是比常人多一分胆量。即便我们成不了伟人，至少也应该以他们这些人为榜样，相信自己，肯定自己，觉得自己永远是最棒的、最优秀的。

口吃并不可怕，可怕的是死要面子怕被别人嘲笑而不去讲话，要敢于暴露自己的缺点，敢于承认自己有口吃，要相信这个世界对口吃患者充满同情、理解和关爱。光腚撵狼，胆大不害臊，不管心乱跳，照样把话表，人笑我也笑，笑声比你高，让你的口吃给别人带来一点笑声又何乐而不为呢。口吃患者请开口，语言的自由王国也属于我们口吃人，我们没有被上帝所抛弃，没有被社会所淘汰，我们有能力和勇气管好自己的嘴巴。上帝既然让我们来到这个世界，就一定有用得着我们的地方，别人瞧不起我们不要紧，只要我们瞧得起自己就够了。不要再因为口吃而自暴自弃，认为自己这辈子完了，要知道口吃人人都有，只不过是我们的口吃现象要比正常人多一些罢了。正常人发生口吃的时候一点都不烦恼，我们口吃患者又何须自寻烦恼；不要再去在意任何人对口吃患者的不同态度，走自己的路，让别人说去吧！

口吃患者，站起来！树立起自信心，让自己保持一个良好的心情。要始终以我能成功来暗示自己胜利就在眼前。是骏马就要在崇山峻岭间奔驰，是雄鹰就要在悬崖峭壁上展翅，是蛟龙就要在惊涛骇浪中翻腾，语言的权利应该属于不是哑巴的一切健康人。

口吃患者，站起来！我们的快乐和成功与口吃没有必然的联系，我们应该顺应自然，允许口吃现象的存在；不要再因为有口吃而认为自己是个失败者，口吃仅仅是我们的一个缺点，我们作为一个人不应该仅仅是说话，还有我们的为人，还有我们的努力，还有我们在其他方面的优点，有口吃并不代表我们就比别人差，别人有些方面也不见得比我们强很多。每个人都有缺点，每个人都有不如意的时候，生活就是如此。不要再因为有口吃而否定自己，不要再因为有口吃而看不到自己的优点和长处，我们要对自己有信心，要相信自己其实和正常人一样。

口吃患者，站起来！不要再去刻意在乎旁人的眼光了，口吃就口吃，别人笑就笑吧！任凭风浪起，稳坐钓鱼台，荡漾碧波中，自在又逍遥；我们要在不同场合不断地锻炼自己，要在不同场合内暴露自己的口吃。撇开自尊心，不害臊，从早说到晚，翻来覆去不厌其烦地去说，成功是属于我们的，天生我材必有用。

从今天起，我们要做语言的主人，不要再做口吃的奴隶。

世上无难事，只要肯登攀，只要我们摒弃所有对口吃的错误态度，毫无顾忌毫无负担地和别人进行讲话，我们的语言就一定能回春。

口吃患者，站起来！挺起胸膛，笑叹人生，朝着奋斗的目标前进去吧！

老钟

　　在我家里摆放着一台老钟，它是我母亲出嫁时带过来的嫁妆，摆在我家里已经有好几个年头了。尽管已经过去了这么多年，但它依然像新的一样摆在我眼前。在别人眼里，它或许就是一台不起眼的老钟，就算把它拿去卖掉也值不了几个钱，但是在我的眼里，它不仅仅是台老钟，还是我一生之中不可或缺的小伙伴。它伴着我成长，随着我长大，和我一起渐渐地步入我的青春岁月之中，时时刻刻地留在我身边守候着我，注视着我，让我永远都能在它的时间点上找到过去那些美妙而又永恒的记忆。

　　这台老钟生产于 1987 年，产地在上海。钟是用木质材料做的，属于机械表摆轮钟。钟身看上去就像个国徽，钟的内部有一个大摆轮，它的摆动关系着整个钟表的运行，除了大摆轮以外，钟的内部还有一个比较重要的东西那就是小铜锤。每当钟表的时针指向整点时，铜锤就会在铜丝上敲打几下，用敲打的次数来判断时针指向的时间；钟表的表面为圆形，上面没有秒针只有时针和分针，钟面上还有一个可以打开的玻璃做的防尘盖，需要调整时间的时候得先把防尘盖打开，调好时间之后就把防尘盖关上。钟面上还有两个专门用来上发条的圆形孔洞，如果把这台钟形容成一张人脸的话，那么这两个孔洞一定就是脸上的酒窝。

　　在我小时候第一次见到它时，还以为它是爸爸买来送给我的一个木头玩具。当我正准备用我那两只可爱的小手把它捧起来的时候，爸爸突然在我背后粗暴地吼了我一声"不要动"。我惊慌失措地把手给收了回去，回头看了一眼一脸严肃的爸爸。只见他径直地走到那个木头玩具跟前，打开它背后的小门，取出一样东西，然后一本正经地给那玩意儿上发条。这时，妈妈突然间冲了过来，怒吼着对爸爸说："你神经病呀！这么大声音干吗？他只是个孩子，又没把你那宝贝钟怎么样！"爸爸上好发条后，转过身满怀歉意地对我说："宝贝，对不起，爸爸刚才不应该那样子吼你。"听完爸爸的道歉后，我那幼小的而又脆弱的心灵越发地感觉到十分委屈，便情不自禁地扑向妈妈的怀里大声哭了起来。"你看你，把孩子都弄哭了，如果孩子以后不跟你亲近了，看你以后怎么办！"妈妈一边说一边轻轻地用手抚摸着我的头。这时候的爸爸似乎已经意识到他刚才的错误，他也许真的害怕我以后就如妈妈说的那样不跟他亲近了，于是就面带笑容地一把把我抱住，把我哄到他身边对我说："来，来，宝贝，不要哭了，爸爸现在教你上钟怎么样？"那是我第一次听到"上钟"这个词，也是我第一次认识到了什么是钟。"你知道什么是钟吗？"爸爸微笑着对我说，我一脸茫然地看着爸爸的脸轻轻地摇了摇头，爸爸于是很耐心地接着说，"这个东西就是钟，钟是用来记录时间的东西，它是可以看到的时间。"接下来他便教我如何调钟，还有如何上钟。

　　很多年以后，我上了小学，学到了一点儿小知识，然而让我印象最为深刻的就是语文老师刚刚给我们讲过的那句"一寸光阴一寸金，寸金难买寸光阴，所以你们要好好学习，珍惜宝贵的时间"。

放学回家后，我便在爸爸的要求之下给钟上发条，调时间；在调时间的过程中，我反复思索着一个问题："老师所说的光阴到底是个什么东西呀！难道就是这个吗？"我用手指着眼前正在摆弄的这台钟，静静地思量着。然而，我没有思索多久，就又想到了晚上七点左右该看的日本动画片《魔神英雄坛》。于是我把钟调好之后，便快速做完今天的家庭作业。然后守候在电视机前等候着《魔神英雄坛》的开播。

时间又过了差不多一个多月，炎热的夏天到了。此时的我，在做完家庭作业之后，便帮着爸爸妈妈一起抬竹床到楼顶那儿去乘凉。由于那个时候空调还没有普及，所以只要天一热，我们院子里头的所有家人都会把准备好的竹床抬到楼顶上去乘凉，然后在竹床上浇上一点水，把水擦干净之后就躺在竹床上盖上毛巾被，悠闲而又自在地乘凉。在乘凉期间，大人们有时候互相聊天，有时候把两个竹床并排挨到一起，坐在竹床上玩扑克或者摆上棋盘下象棋，而我们这些小孩子则一块儿疯一块儿闹一块儿玩过家家一块儿玩捉迷藏，玩累的时候便会回到父母身边一块儿看星星。那时候没有环境污染，地球大气层也没有遭到严重的破坏，所以看星星的时候，总能感觉到天上的星星是特别的明亮，而月亮就如一只香蕉那样挂在夜空中。

"涛涛，你看，这是什么星？"爸爸躺在我身边用右手指着天上的北斗星向我问道。我回答说："是北斗星呀！爸，你昨天不是教过我吗？""哦，是呀！"爸爸恍然大悟地说，"昨天已经教过你了！"于是我接着说："爸，你昨天说北斗星像勺子，可我觉得它倒是像把椅子。""哦，是吗？"爸爸笑着问，问过之后就对我妈妈说，"秋凤，你看那个北斗星像什么？"妈妈回答说："我也觉得像椅子，涛涛说像什么我就觉得它像什么。"这时候，天空上突然间划过一颗流星，爸爸用手指着刚才划过的那颗流星激动地说："快看，流星。"我看了一眼刚才快速划过的那颗流星感慨地说："真快呀！"听完我的话后，爸爸接着说："是呀！它就像光阴一样快速划过，而且一去不复返。""光阴？"我脑海里不知不觉间又响起了语文老师今天对我们讲过的那一段话。"难道这就是光阴吗？"

　　成长的脚步依然还在继续，过完一年又一年。很快，三年的时间就过去了。在这三年的时间当中，我总是重复着同样的生活——早上洗脸刷牙吃早饭，然后背着书包去上学，下午放学回家，吃完饭后写作业，写完作业之后就和院子里的小伙伴们一起玩耍，玩耍之后就回家洗澡睡觉。在每次上学和放学的路上我总是发现，太阳公公早上总会从东边升起，到了黄昏的时候，太阳公公就会慢慢地从西边落下直到天黑。每当上钟的时候我就会想，为什么钟每次都能停下来，而太阳公公为什么就不能总是悬挂在天空中呢？

　　又过了一年的时间，1998 年到了，这一年我刚满八岁，在这年 5 月的某一天，我和爸妈正在家里忙着收拾东西，准备搬到黄陂区东风地税局宿舍那边居住。早在一年前东风那边的房子就已经装修好了，只是因为新房里头的气味太重不利于身体健康，才决定把房子先放上一段时间之后我们再搬。负责搬东西的师傅此时正忙着把大包小包的行李箱和家具全都扛到运送货物的卡车上，我则仔仔细细地收拾着我的玩具、作业本等一些需要带走的东西。

　　正在这时，我想到了我那心爱的摆钟。于是我立马跑到客厅的食品柜那儿一看，果然还在这儿。当我正准备把它放进我的小麻袋里头的时候，一个熟悉的声音突然间从我背后的方向传来："涛涛，别动，这东西是要给奶奶的。"我回头一看，原来是爸爸。听完他的话后，我紧紧抱住那台钟，生怕爸爸会把它从我身边抢走。"不，这是我的钟。"我加重语气大声地对爸爸说。爸爸接着说："涛涛听话，这台钟已经不是你的了，如果你想要爸爸再给你买一台。""不，这钟是我的，我谁都不给。"经我这么一闹，爸爸已经变得有些生气了，他的语气变得很严厉，态度也变得十分坚决："你再不给爸爸就要生气了。"而我丝毫没有向父亲妥协，坚持着说："我就是不给，谁都不要把它从我身边抢走，它是我的。"这时候的父亲变得更加生气了，他二话不说地从我身后走来，好像要过来打我的样子。

　　这时候，妈妈拦住了他："你又发什么神经呀？跟一个小孩子抢东西你害不害臊呀？""可是妈说她想要……""那你跟她说这钟涛涛想要不就行了吗？"妈妈毫不客气地打断了爸爸的话，"再说了，她也没有必要跟孙子抢东西吧？"经妈妈这么一说，爸爸便默认了这台钟归我所有。我打心眼里感谢妈妈对我的疼爱，感谢她总是那样迁就我。在家里，爸爸虽然是一家之主，但他最怕的人却是我妈妈，只要妈妈一生气，他就没辙了。

　　搬家之后，我把钟放在了我卧室的写字台上，然后用手帕轻轻地擦拭着钟面上的灰尘，看着钟表上那十二个黑黑的阿拉伯数字，我不禁想起在搬家之前和我在老家院子里一起玩的那些小伙伴，想起那个经常欺负我但又经常帮助我的邻居舒肖，想起那个经常带领女孩子打我们这些男孩子的大姐头陈圆，想起那个踢足球踢得特别好的大哥哥周勇，想起那两个总爱陪我一起玩的女孩子方竹和爽爽，还有住在别家院子里但经常爱跑到我们院子里玩的黑皮、小壮、刘鹏、刘群、陈龙、董正，还有我的小学同学夏莹。不知不觉间跟他们相处已经快八年了，现在突然之间就和他们分开，心里头还真有点舍不得，想到这儿我的泪水便不受控制地从我的小眼睛里一直往外流。当我把眼泪擦干之后才第一次感受到时间过得真快，假如时间可以倒回到1997年，那么我也就不用搬家搬到这儿来，这样的话，我就可以永远和我的小伙伴们待在一起，那该多好呀！

　　不过，上了初中以后，我才觉得当年说的这话有多么幼稚。因为人终归是要长大的，不可能一辈子都生活在童年时期。每个人都需要成长，都需要经历不同的时期，这样的人生才算美满。上了初中之后，我学到的知识比以前更加丰富了，对于光阴的理解也稍许有些进步，光阴就是指时间，"一寸光阴一寸金，寸金难买寸光阴"这句话意思就是说"时间比金钱宝贵，金钱买不到时间"。

　　回家之后，当我再一次上钟时，我已经知道为什么钟可以停下，而太阳公公为什么不能停下了。因为钟的任务就是用来记录时间的，钟可以停下，但时间是不可以停下的，因为这是自然规律。就如地理老师在课堂上所说的那样，地球自转一周是一天，公转一周是一年，假如地球停止自转，那么自然界平衡就会被彻底打破。时间既不是我小时候说的钟，也不是我小时候说的流星，它其实就是一种看不见摸不着的东西，但是在不停地运转。

2003年3月的某一天，我再一次搬家了。这次我们家要从东风地税局宿舍搬迁至黄陂区前川百秀街人民政府居民楼宿舍。这次搬家我又带上了那台钟，爸爸这回没有再说把钟送给奶奶，因为他心里明白，我再也不是当初那个小孩子了，我已经成长为一个少年，所以应该给予我一些自由做主的权利。搬家以后，家里头的东西全都焕然一新，以前在东风那儿生活时留下的一些旧东西，都被爷爷奶奶外公外婆他们拿去了，但唯一不变的还是在我手里捧着的这台钟。想到第一次搬家的时候，我之所以不愿意把这台钟留给奶奶，是因为这台钟承载着太多我童年时代的美好记忆，所以我不忍心将它丢弃。

五年的时间很快又过去了，我即将上完高中，面临我人生当中第一个决定命运的重大转折，那就是高考。然而就在2008年5月12日下午2点28分，当我刚刚把钟的时间调好之后正准备关上防尘盖的那一瞬间，意想不到的事情发生了。我突然间感觉到脚底下的地板在剧烈晃动，吓得我头皮一阵发麻，于是我惊恐万分地往后跳了一步。幸运的是，刚才地板剧烈运动的怪象突然间消失了。此时，我听到楼梯间传来一阵一群人拼命下楼时的急促的喘息声。这个时候，妈妈突然间像发疯一样拽住我的手，二话不说地拉着我一起拼命往楼下跑，此时的我还来不及问她到底是怎么一回事。过了大约十分钟，我赶忙爬上楼打开电视机才得知四川汶川那边发生了里氏八级大地震，共有七万人左右在地震中遇难。当我听到这个消息之后，我不禁潸然泪下，这才过了不超过二十分钟的时间呀，七万人的生命就这样没了！此时的钟依然还在不停地运转，已经从刚才的下午2点28分转到了3点14分，于是我激动地跑到钟的面前，打开防尘盖把钟表上的时间故意不断地往后调，因为我希望时光可以倒流，让四川人民免除那场灾难，同时也让死去的那七万人都活过来，一个也不要死。但现实往往是最为残酷的，钟表可以停，时间却不可能停下来，因为地球依然还在转动。从那一刻起，我第一次感受到时间是多么的短暂，人的生命是多么的短暂；在自然面前，人的生命又是那样脆弱，人本身又是那样渺小，而时间过去得却又是那样快，来也匆匆，去也匆匆。

高考之后，我考上了中南财经政法大学，大学毕业之后，此时的我已经二十二岁了，已经到了在外奋斗的最佳年龄。在这一年里，我拿着我的大学毕业证书在社会上到处闯荡，在会计师事务所实习，在深圳发展银行实习。终于，经过我坚持不懈的奋斗和勤奋努力，终于找到一份比较稳定的工作。此时的我已经长大成人，已经有能力为家庭承担起一部分责任了；而父母却已经老了，青春始终抵挡不了岁月的侵蚀，时间就是那样无情。

这台与我相伴了二十多年的钟也已经老了，它已成为名副其实的老钟。当我打开防尘盖再次为它调整时间的时候，却发现防尘盖的铁框在不知不觉间已经生锈，钟轮摆动得已不再像以前那样灵活，钟身上的油漆也明显脱落了不少。钟老了，人也老了。以前，在父母的关爱之下成长，感觉时间过去得不是那样快，也不是那样匆忙，而如今长大成人之后的我，却感觉时间真的就如同射出去的箭一样一去不复返。童年、少年时期的那段难忘的日子也只能成为我永恒的记忆。

　　盛年不再来，一日难再晨。

　　及时当勉励，岁月不待人。

　　花儿还有再重开，人生没有再少年。

　　洗手的时候，日子从水池里流过。吃饭的时候，日子从饭碗里过去。沉默时，便从凝视的双眼前过去。睡觉时，时间便伶伶俐俐地从我身上跨过，等我睁开眼和太阳再见时，这算又溜走了一日。有人能告诉我时间都去哪儿了吗？

　　老钟依旧摆放在我卧室里的写字台上，钟轮依旧犹如心脏那般不停地摆动，只是这颗心脏已经不再像它年轻时跳动得那样激情澎湃又带有节奏，因为它老了。当我再一次小心翼翼地为它擦拭钟身上面的灰尘时，我突然间奇迹般地被它带回到小时候第一眼见到它时的情景，而老钟也变成了我第一眼见到它时的那个模样。这时候，爸爸还是像小时候那样在我背后吼了我一声"不要动"，而我这一次并没有被吓到，只是头也不回地一边擦钟一边对他说："爸爸别吼，我在擦钟。"

荷塘夜色

在宁静的夜晚，我独自一人欣赏着夏日荷塘夜间的美景。今年的夏季异常炎热，在烈日的暴晒和炙烤之下，人们几乎都已进入了不开冷空调就不能安心享受生活的状态。唯有夜晚，当气温稍微降下来的时候，人们才愿意出来片刻，感受一天难得能够感受到的清凉。我奶奶的家，在离着城区不远处的一座偏僻的小村庄；村里头有一片绿色的池塘，池塘的正中央长满了莲花与荷叶，荷叶下的水面漂浮着的便是一片碧绿色的浮萍。那一片碧绿色的池塘，就挨在我奶奶家房子的左侧，白天的时候因为天气热，人们几乎不愿意特意去欣赏荷塘表面上的风景，只是偶尔有几位爱好钓鱼的人会趁着天气转凉，坐在荷塘的岸边钓一会儿鱼。

今天是 7 月中最炎热的一天，我和妻子还有女儿乘车来到奶奶家，探望一直在村庄里独自生活的爷爷和奶奶。我和妻子结婚已经有三年了，女儿是在两年前出生的，小名叫甜心，至于大名嘛，这还是个秘密。到了奶奶家之后，爷爷和奶奶便在楼下热情地接待了我们。奶奶家的房子一共有三层，第一层是客厅，客厅的后面还有座小院，是爷爷和奶奶用来放置种菜和耕田用的各种农具。第二层便是卧室，即爷爷和奶奶休息的地方。第三层是仓库，用来摆放各种杂物。爷爷和奶奶在很久以前就生活在这里，那个时候的爷爷和奶奶是生活在同一座村庄里的青年男女，两人从相知相识到相恋，结婚之后经过多年的打拼，最后在城里边定居了下来。退休之后为了不连累子女，便返回农村老家，在村里边的荷塘岸边盖了一座三层楼的房屋，并买下一块耕地过着自给自足的生活。除了靠退休金之外，他们还依靠贩卖自个儿在菜地里种植的一些纯天然的蔬菜和稻米来维持生计。当我和妻子、女儿下车赶到爷爷奶奶家门口时，时间已经差不多到了中午 12 点左右。在与爷爷和奶奶寒暄了一阵子之后，我们五个人便坐在客厅内吃饭。今天的饭菜虽然很简单，但是十分可口。爷爷的做饭手艺我从五岁的时候就已经尝过，虽然都过去了这么多年，他做出来的饭菜的味道却依然没有变，咸淡适中、清爽可口，十分好吃。在城里边品尝惯油腻大荤后的我，突然间能够在这乡间田园品尝到如此清爽可口美味的粗茶淡饭，确实让人感觉十分惬意。

　　午饭过后，奶奶便开始洗碗，妻子和女儿则上了二楼，到爷爷奶奶为我们准备好今晚留着过夜的房间内休息。而我则坐在一楼的客厅内和爷爷聊着天；在和爷爷聊天的过程中，我感受到了爷爷对我和我妻子我女儿还有我父母的关爱，问得最多的话依然是 "你父母的身体最近怎样""你女儿身体现在还好吗""你和你妻子最近关系如何""如果你们感觉在城里边吃饭不卫生，可以天天来我这儿吃"，等等。我观察着爷爷说话时那副充满慈爱与和蔼的表情，看着他脸上那一道道写满岁月痕迹的老斑和皱纹，还有额头上那一头黑白相间的毛发，我的眼睛里顿时有一种湿润润的感觉。我好想劝说爷爷和奶奶回到城里跟我们一块儿生活，但又想到他们当初选择要回到农村里生活是出于他们自己的决定，所以一定不会同意搬回城里边居住；而他们之所以愿意做出这样的决定，仅仅只是为了不连累我们这些在城里头工作的孩子，这便是作为父母对子女们的爱。虽然在乡间的生活不会使他们感到孤独和寂寞，但是，长时间生活在乡村却很少有机会可以和自己的子女们欢聚一场，体会到亲人之间团聚时刻的那一点温情，这种自相矛盾的感觉和心情岂是三言两语就可以表达出来的。当爷爷和我拉完家常之后，便和我说起了关于荷塘里的事。

"涛儿，你去过我家对面的池塘没有？"

"没有呀，爷爷。但是我看到了那里边的荷花开得很旺，很漂亮。"

"那你有没有发现，荷塘里的莲花有什么特别的地方呢？"

听完这话后，我便开始觉得爷爷似乎想告诉我一件奇妙的事情，于是我很好奇地向爷爷问道：

"有哪一点特别呀，爷爷？"

爷爷便耐心地向我解释道：

"在这片荷塘里，住着一位非常美丽的莲花仙子，白天是看不到的，只有在夜深人静的时候才能看到。"

听到这话后，我的第一反应便是觉得爷爷肯定是在跟我开玩笑，于是我笑着对爷爷说：

"爷爷，您都这么大把年纪了还编故事呀，现在都什么年代了，您还拿这样的故事逗我。我都这么大的人了，您以为我还会像小时候那样听信您讲的那些故事吗？"

爷爷于是一脸严肃地对我说：

"这不是开玩笑，这是真的。去年我在荷塘岸边散步的时候就看到过。"

当爷爷正说着这句话时，我认真地观察着他的表情，感觉他一点儿也不像是在开玩笑的样子，于是我便将信将疑地问道：

"你说的是真的吗？爷爷。"

"千真万确的，涛儿。不仅我看到过，而且住在我隔壁家的王二狗、张李湾的赵麻子都见到过，不信的话，你可以趁着今天天黑的时候去瞧一瞧，兴许你也会看到的。"

带着这个疑问，我从中午一直等到天黑时和妻子女儿一块儿睡觉的那一刻，在床上辗转反侧怎么也睡不着，脑海中不断地重复着爷爷对我说过的那句"不信的话，你可以趁着今天天黑的时候去瞧一瞧，兴许你也会看到的"。于是，我便趁着妻子女儿熟睡之际，偷偷地溜出房门，然后轻手轻脚地走出了院子，出现了文章开头时的那一幕。

沿着荷塘，是一条曲折的田边小路，荷塘的对岸是一排茂密的柳树。这条田边小路白天很少有人走，夜晚就变得更加寂静了。今晚的月亮很大很圆，像一块巨大的圆盘一般散发出亮光悬挂在夜空中；只可惜，看不到星星。在月光照耀下的荷塘上，可以看见一排排出水很高的荷叶，宛如亭亭玉立的舞女的裙。层层的叶子中间，零星地点缀着莲花，有含苞待放的，也有婀娜多姿地开着的，如同一粒粒明珠，又如碧天里的星星，又如刚出浴的美人；微风吹过，伴随着从荷塘间吹过来的阵阵花香，使我深深地陶醉在欣赏美景的惬意时刻当中；月光隔着岸边的柳树照射在荷叶上，柳树的黑影参差不齐地倒映在荷叶上，随风而动，仿佛画在荷叶上的稀疏倩影，光和影有着和谐的旋律，仿佛在弹奏一首贝多芬创作的《月光曲》。站在柳树林对岸一侧的我透过从对岸的夜空中照射过来的月光，突然间看到了一条金红色的鲤鱼从荷塘的水里跳了出来。今晚的月光将荷塘的表面照耀得特别清晰，因此我还能分辨得出鲤鱼的颜色。荷塘四周的知了还有青蛙的叫声，依然持续不断。这个时候，我突然间想到了爷爷中午和我提到过的那位据说是住在荷塘之下的莲花仙子，想到这儿时，我苦笑了一阵，看来爷爷真是老糊涂了，编了这么一个故事引发我的好奇心，害得我白白浪费了这么多睡眠的时间，可是仔细一想我又觉得自己其实并没有白来一趟；能够在今天这样宁静的夜晚远离城市的喧嚣，在美丽的乡间欣赏到今晚在月光与荷塘还有柳树相互映衬之下如此美丽的荷塘夜色，我的心里顿时觉得十分满足；当我正准备离开荷塘，回到奶奶家中的时候，奇迹发生了。突然，我看见荷塘的正中央突然间散发出浓浓的雾气，一块硕大无比的莲花苞不知是什么时候开始出现在荷塘的水面，然后渐渐地打开花瓣，等到巨型花瓣完全打开的时候，在花瓣正中央的一块儿巨大的金色莲蓬上，我看见一位穿着古代仙女服饰的女性正站在那儿。"这、这难道就是爷爷所说的莲花仙子吗？"我非常惊讶地这么说着，看来爷爷他没有糊涂，原来荷塘里边真的住着一位貌美如花的莲花仙子，可是几百年来的神话故事怎么可能如此真实地出现在现实生活之中呢？带着这份好奇的心理，我慢慢地抬起头想要仔细瞧一瞧这位荷花仙子是如何的貌美如花，却惊讶地发现，这位美丽的莲花仙子居然和我妻子长得一模一样，那双在月光之下水灵灵的丹凤眼，还有那白皙如同羊脂一般的雪白皮肤，还有那微尖的下巴，以及那双仿佛涂了口红一样性感的嘴唇。这几乎完全就是我妻子古装版的真实写照，她若是穿上莲花仙子的衣服，几乎完全就和莲花仙子一样那么娇艳，那么迷人。

荷花仙子的穿着和容貌就如同出水的芙蓉那样端庄秀美，虽然没有浓妆艳抹，但是这样更能显现出她美丽迷人的真实色彩。以前在和妻子刚刚认识交往和谈恋爱的时候，我把她形容成一朵出淤泥而不染的美丽莲花，因为她不仅长得好看，更重要的是她拥有一颗待人真诚的心，就是因为这样我才会选择她作为我的终身伴侣。这几年来，我一直把她当作我所种植的莲花般呵护与疼爱。没想到，她居然真的有着莲花仙子一般的美丽容颜。这个时候，我突然间眨了一下眼睛，当我重新睁开眼睛的时候，却发现刚才在荷塘中所看到的一幕全都不见了，只看见在荷塘的正中央开放着一朵白色的大莲花。原来这一切都是幻觉，那个所谓的莲花仙子其实一直都是我脑海中和眼睛里出现的幻觉，事实上根本不存在什么莲花仙子，其实真正的莲花仙子一直是我个人心中所想与所爱的那个人。于是，我便想起了《诗经》中出现的那段诗句：

> 蒹葭苍苍，白露为霜。
>
> 所谓伊人，在水一方。
>
> 溯洄从之，道阻且长。
>
> 溯游从之，宛在水中央。

这首诗来源于两千五百年以前在秦地地区的一首民歌，诗中描写了一个热恋者对心中爱人的追求，表达了主人公对爱情执着追求的精神。主人公把自己心爱的女人比喻成在云雾或水中的幻影而求之不得；而我和诗中的作者相比算是比较幸运的，因为我在幻影中看到的和想到的依旧是我身边最爱的人。

　　我回到奶奶的家，推开门轻手轻脚地走进了卧室。此时的妻子和女儿已经睡熟了好久，看着妻子睡着时那副与莲花仙子长得一模一样的美丽面容。我才知道，她原来一直就是我心中的那位美丽可爱的莲花仙子；而爷爷眼中的莲花仙子会不会就是奶奶呢。

泉水和喷泉

这是一汪如同镜子般的泉水，在泉水的表面上透着一股淡淡的清雅。既淡然，又平静，我们看不出它会掀起什么样的波浪，有时鱼儿会在它底部翻腾掀起一点点波浪，但是在折腾了一会儿之后它又会恢复以往的平静。有时人们会向它抛来一粒粒小小的石子儿，掀起一点小小的水荡，但是在石子沉下去了之后，泉水依然还会保持着它那静止不动的状态。在阳光的照耀下，它虽然会呈现出折射光芒时犹如在它身上撒上黄金一般的美丽，但是这一点点的美丽往往得不到人们的重视，即便是被人注意到了，人们也只会注意在它绽放出光芒般美丽的同时，从它下面游过的一条金色的鲤鱼。

直到有一天，因为地质的变化，在它的河床底下突然之间裂出了一道犹如火山喷发时所出现的口子，接着从口子里突然之间喷涌出来自地底下的热气。终于，在热气带来的压力的作用下，泉水突然之间向上涌出形成了一道天然的喷泉，吸引了从它旁边路过的人们。

"快看，喷泉！"

有个人用手指着已经变成喷泉的泉水惊奇地说道。一时之间，又有大多数人从其他地方赶过来观看着这个突如其来的奇景。没有人会在乎这柱喷泉在形成之前只是一汪普普通通的泉水。紧接着，在太阳光的照耀下，喷泉的泉水从高处坠落到地面的瞬间，无数颗水珠犹如黄色珍珠般滚落到路面，在喷泉的周围形成了一道绚丽的彩虹。这时候，路人们都纷纷不由自主地惊叹道：

"真美！"

我们的人生刚刚开始的时候就好像一汪清泉那样平淡，即便是做出一点小小的成绩，也只能像鱼儿在泉水里游泳，路人往泉水里扔石头，雨水在泉水中滴答，阳光在泉面上闪耀一般不会引人注目。泉水和喷泉虽然同样是水，但二者以截然不同的人生魅力展现在世人面前，前者被人遗忘，后者被人赞美，泉水变成喷泉是一段充满着艰辛而又漫长的等待过程，喷口和压力就是机遇，至于能否把握变成喷泉的机遇，就在于泉水自己。

崔万志从小就患有小儿麻痹症，在他四岁那年，父亲便发现崔万志的腿在走路的时候和其他孩子相比有着很大的不同。带着这份怀疑的态度，崔万志的父母带他到医院去做检查，检查之后医生便告诉他父母说：

"你的孩子得的是先天性小儿麻痹症，治不好，也不好治。"

听到这话后，崔万志的父母当时就傻了眼，仿佛遭遇了一场晴天霹雳，为崔万志的前途和未来而担忧，因为这就意味着崔万志今后将会一直和残疾为伴，永远不会像其他正常的小孩子一样快乐地成长。在未来的人生道路上他将永远被扣上一顶残疾人帽子。对于医院这的检查结果，崔万志的父母一时之间很难接受。当母亲听到这个结果后，当场就为崔万志流下了充满慈爱的泪水。

"妈妈，你怎么哭了？"

刚刚在一旁玩耍的崔万志表情很是疑惑地向他母亲问道。母亲则把崔万志紧紧地搂在了怀里，什么话都没说，然后继续在一旁哭泣。然而，就在这个时候，崔万志的父亲说话了，他坚强地忍住心中的泪水，认真地对崔万志说：

"万志，你今后一定要努力学习，别人付出一倍的努力，你要付出十倍。"

父亲的话像暗夜里的火光，激励着崔万志发奋读书，也点亮了崔万志那颗坚决要改变残酷现状的梦想和决心。在1992年的中考中，崔万志取得了全县第三的好成绩，被合肥一所重点高中录取，但是在开学的时候，校长却因为他是残疾人而把他无情地赶出校门，并把他带过来的行李从寝室内扔了出去，冷淡地说：

"就算你被其他学校录取了，也没有人会要你，还浪费了我一个名额。"

面对着如此不通情理的校长，无奈之下，崔万志的父亲当时就跪了下来，并且一跪就是两小时。见到这一幕后，崔万志愤怒地说：

"我恨，我恨，我恨，命运为什么对我如此不公，为什么？为什么？为什么？"

崔万志的父亲双手捧住崔万志的脸对他说：

"万志，你听着，没有为什么！抱怨没有用，书还要不要读？"

崔万志含着眼泪回答说：

"要。"

"那么回家吧，一切靠自己。"

之后，经过父亲整整两个月的恳求，崔万志终于被分配到镇上一所高中上学，经过三年的寒窗苦读，他终于拿下了高考。由于害怕没有一所学校肯收留他这么一个残疾人，崔万志出乎意料地选择了四千公里以外的新疆石子河大学。乘坐三天三夜的火车，再转五小时的汽车，崔万志踏上了漫漫求学路。在大学里，崔万志学的是经济管理，很快便显现出他不同寻常的商业头脑，他开始挨个宿舍推销生活用品，从此就很少向家里讨要过学费生活费。大学毕业后，崔万志满怀信心地回到了合肥。然而，残疾人的身份却给他的人生事业带来了极为残酷的阻碍，在两个月的时间内，他投了上百份简历无一成功，没有一个单位愿意要他。原因很简单，因为他是残疾人。

记得他在最后一次投简历的时候，他来得很早，排在投简历顺序的第一位，然后面试的招聘官看到他之后，不留情面地对他说：

"你快走开，你快走开，别挡着后面的人。"

从那以后，崔万志就再也没找过工作。走在回家途中的大街上，崔万志紧紧地握住他手中的那份简历，眼神中充满着无比的绝望和在残酷现实中生活的种种无奈。忽然间，一阵刺骨的寒风吹到了崔万志的脸上，他再也掩饰不住心中的委屈放声大哭了起来。在委屈和绝望之后，崔万志忽然间听到了这样一个声音：

"我要养活我自己，我要养活我自己，我要养活我自己。"

接着，崔万志想到了他父亲对他说过的话：

"抱怨没有用，一切靠自己。"

想到这儿，崔万志在悟了这样一个道理：

"既然改变不了现实，那就改变我自己。"

从那以后，崔万志再也没有在乎别人对他的看法，也不再抱怨命运对他的不公，更没再为他作为一名残疾人而感到羞耻和难过。带着这一份乐观的人生态度，崔万志在街头卖贺年卡，在天桥上摆地摊，一顿饭当两天吃，始终顽强地与命运抗争，丝毫没有放弃任何能够改变人生现状的机会。然而，挫折却一次又一次考验着崔万志那颗坚强的心，他开书店结果书店被烧，他开超市结果超市被偷，他开网吧结果网吧被拆了一次又一次，后来他又开网店，把他辛辛苦苦积攒的二十多万元亏个精光，再后来他又开电子商务公司然后欠了外债四百万。但是所有的委屈、所有的挫折、所有的痛苦，崔万志都默默地埋藏在心底，因为他说不出，也不想说。因为他知道"抱怨没有用，一切靠自己"。就这样，他一直坚持，坚持，坚持把他的旗袍生意做到天猫网上的第一名，成功地实现了他的创业梦想。

直到今天，他回头再看，回想起他曾经经历过的那些挫折，他觉得是上天对他最好的安排。世界是一面镜子，照射着我们的内心，世界是什么样子，我们的内心就会是什么样子。选择抱怨，我们的世界就充满着痛苦、黑暗和绝望。选择感恩，我们的世界就充满着阳光、希望和爱。

崔万志用他的人生经历告诉了我们这样一个道理,只要坚持自己心中那份坚定不移的信念,那么人的一生就没有过不去的坎。他就像是那一汪清清的泉水牢牢地抓住了热气和压力带来的机遇,最后变成了一柱喷泉,绽放出他人生当中花一样绚丽的光彩。

人这一生困难重重,所要面临的挫折多得数不胜数,然而战胜困难和挫折的关键就是要像泉水那样,坚持它心中渴望变成喷泉的那份执着和信念,把握机遇,总有一天它就会变成一柱雄伟壮观的喷泉。挫折是上天用来考验一个人意志是否坚定的工具,经受过困难痛苦考验的人生,才算是最有价值和意义的百味人生。一块坚固无比的钢铁要经过长时间的打磨,才能变得那样的坚硬;一把削铁如泥的绝世宝剑是要经过长时间的千锤百炼,才会变得那样锋利;一块普通的石头需要经过长时间的风吹雨打日晒,才能变得那样光滑;一团散的面粉需要经过不断揉搓,才能变得既有弹力又有韧性。而我们的人生也是如此,在成功之前,我们必然要经过很多的挫折与困难,只要坚持心中的那份梦想与信念,就会有实现人生梦想的那一天。

而我,作为一名口吃患者,我也有我自己的人生梦想。我的梦想就是将来有机会能够成为一名伟大的作家。为了实现这个梦想,我几乎每天都坚持写作,但口吃给我的人生带来的许多障碍,又让我觉得梦想与现实之间还是存在着一定的距离。崔万志曾经说过这样一段话:"上天因为爱我,所以咬了我一口,带着流血的伤口,我一路走,不回头。"一个残疾人经历过我们常人不可想象的挫折,都能把他个人的人生经历看得那样乐观，最终实现了自己的人生理想，而我作为一个只在说话上有缺陷的正常人，和他比起来，我的这点挫折又算得了什么呢？

为了实现我心中的人生理想，我一定要像崔万志那样做一汪等待机遇变成一柱美丽喷泉的清清泉水，等待地质变化后所散发出的热气和压力，来绽放出我人生的光彩。

泉水和喷泉同样是水，而二者却呈现出截然不同的人生姿态。如何能够让泉水变为喷泉，那得靠我们自己。

春节

　　春节是我国最为传统的节日，俗称过年。说起过年，我们一定会联想到写对联、放鞭炮、包饺子、吃团圆饭、送压岁钱、看春晚、守岁等一些经常能够在这一天看到的场景。每逢过年，老人们总会在家摆好酒菜，等待着常年在外工作的子女们在这一天归来，这对于他们来说是一年四季当中最为难得的一次大团圆，也是在漫长的等待与思念中渴望见到子女们的一次强烈期盼，然而期盼得更多的就是和子女们、儿媳们还有孙子们好好团圆，吃上一次美味可口的年夜饭。记得在我小的时候，我和爸爸妈妈还有妹妹常娟，我二叔、二姨、三叔、三姨还有我的爷爷奶奶围坐在一张圆桌上吃年夜饭，在即将开饭之前，在我父母还有爷爷奶奶的要求下，我和妹妹常娟总会举起手上的酒杯对爷爷奶奶说上一句祝福的话。谁说得好，谁就会率先领到爷爷奶奶为我们准备好的红包；说得不好的那位，只能领到爷爷奶奶后来送上的红包，这率先领到的红包和后来领到的红包有着很大的区别，这率先领到的红包中装有一百五十元，而后来领到的红包中只装有一百元。由于我小时候口才比较好，再加上我又是长孙并且深得爷爷奶奶的喜爱，所以爷爷奶奶每次总会有意地把那装有一百五十元的红包留给我，而常娟因为每次都说不过我，所以只能领到后来那装有一百元的红包，看到她领到那装有一百元的红包之后脸上露出一丝好像很委屈又很不服气的表情时，调皮的我则扬扬得意地朝她做了一个鬼脸。

说起春节这个中国最为传统的节日，它有着相当悠久而又漫长的历史。据史料记载，中国人过春节已有四千多年的历史，关于春节的起源有很多种说法，但其中为公众普遍接受的说法是虞舜时期，舜继天子位，带领着部下人员，祭拜天地。从此，人们就把这一天当作岁首，这就是农历新年的由来，也就是我们普遍常说的春节。关于它的传说也有着很多奇妙而又动人的故事。

相传，中国古时候有一种叫"年"的怪兽，头长触角，凶猛异常。"年"长年深居海底，每到除夕才爬上岸，吞食牲畜伤害人命。因此，每到除夕这天，村村寨寨的人们扶老携幼逃往深山，以躲避"年"的伤害。这年除夕，桃花村的人们正扶老携幼上山避难，从村外来了个乞讨的老人，只见他手拄拐杖，臂搭袋囊，银须飘逸，目若朗星。乡亲们有的封窗锁门，有的收拾行装，有的牵牛赶羊，到处人喊马嘶，一片匆忙恐慌的景象。这时谁还有心关照这位乞讨的老人？只有村东头一位老婆婆给了老人些食物，并劝他快上山躲避"年"，那老人捋髯笑道："婆婆若让我在家待一夜，我一定把"年"撵走。"老婆婆惊目细看，见他鹤发童颜、精神矍铄，气宇不凡。可她仍然继续劝说，乞讨老人笑而不语。婆婆无奈，只好撇下家，上山避难去了。半夜时分，"年"闯进村。它发现村里气氛与往年不同：村东头老婆婆家，门贴大红纸，屋内烛火通明。"年"浑身一抖，怪叫了一声，朝老婆婆家怒视片刻，随即狂叫着扑过去。将近门口时，院内突然传来"砰砰啪啪"的炸响声，"年"浑身战栗，再不敢往前凑了。原来，"年"最怕红色、火光和炸响。这时，老婆婆的家门大开，只见院内一位身披红袍的老人在哈哈大笑。"年"大惊失色，狼狈逃窜了。第二天是正月初一，避难回来的人们见村里安然无恙十分惊奇。这时，老婆婆才恍然大悟，赶忙向乡亲们述说了乞讨老人的许诺。乡亲们一齐拥向老婆婆家，只见老婆婆家门上贴着红纸，院里一堆未燃尽的竹子仍在"啪啪"炸响，屋内几根红蜡烛还发着余光；欣喜若狂的乡亲们为庆贺吉祥的来临，纷纷换新衣戴新帽，到亲友家道喜问好。这件事很快在周围村里传开了，人们都知道了驱赶"年"的办法。从此每年除夕，家家贴红对联、燃放爆竹；户户烛火通明、守更待岁。初一一大早，还要走亲串友道喜问好。这风俗越传越广，成了中国民间最为隆重的传统节日。

每逢大年初一，爷爷总会写一对春联送给他的三个儿子。我爷爷的父亲也就是我曾祖以前是位师塾先生，方圆百里颇有名气，只可惜他在我出生三年前就已经离开了人世，我连他的样子都没来得及见着，只能通过我父亲母亲还有我爷爷口中的描述粗略地将他的个人形象在脑子里勾勒一番。据说，我曾祖不仅书教得好，而且毛笔字写得特别棒，所以他也教会了我爷爷写得一手好字。当爷爷正在红纸上专心写字时，我和常娟两个孙辈则在大人们的安排下给爷爷牵纸。我牵住红纸的左边一角，常娟负责牵住红纸的右边一角，爷爷每写完一个字，我们便把纸往后面牵出一格，直到爷爷把一副对联写好之后，我和常娟两人就会各自牵好对联的两头，然后把对联平躺地铺在地上等待墨迹变干。等到对联写好之后，爷爷就会开始写"福"字，等到"福"字写好后正要被妈妈贴到门上去时，幼小的我这时候发现了一个很大的"问题"，我傻傻地向妈妈问道："妈妈，你把"福"贴倒了？"妈妈于是笑着对我说："傻孩子，"福"字当然应该这样贴呀，福倒，福到嘛！""福倒？福到？"我似懂非懂地自言自语道，直到长大之后我才明白"福"字为什么要倒着贴，那是因为把"福"字倒着贴的拟音为福到，寓示着福气到来之意。

关于这个倒贴"福"字还有一段很有意思的典故。明太祖朱元璋攻占南京后，命人悄悄地在曾经支持和帮助过自己的人家门上贴一"福"字，以便第二天将门上没有"福"字的人家，以暗通元贼的罪名杀掉。好心的马皇后得知这一情况后，为消除这场灾祸，令全城大小人家必须连夜在各自门上贴一个"福"字。于是各家各户都照办，其中有户人家不识字，把"福"字贴倒了。第二天，朱元璋令御林军把没贴"福"字的人家满门抄斩。不料不一会儿，御林军头目回禀，全城家家都贴有"福"字。朱元璋气得正不知如何是好，御林军头目又说，有一家人把"福"字倒着贴在了门上。朱元璋听后勃然大怒，立即命令御林军把那家人一个不留全部杀掉。马皇后一看事情不好，忙对朱元璋说："那家人知道您今日来访，故意把'福'字贴倒了，这不是'福到'的意思吗？"朱元璋一听有道理，便消除了杀人的念头，一场大祸从而避免了。从此人们便将"福"字倒贴起来，一求吉利，二为纪念马皇后。

除了写对联，贴倒"福"之外，过年还有很多种不同的习俗。比方说吃饺子。饺子原名"娇耳"，相传是我国东汉医圣张仲景所创。相传张仲景任长沙太守时，常为百姓除疾医病。有一年当地瘟疫盛行，他在衙门口垒起大锅，舍药救人，深得长沙人民的爱戴。张仲景从长沙告老还乡后，正好赶上冬至这一天，走到家乡白河岸边，见很多穷苦百姓忍饥受寒，耳朵都冻烂了。原来当时伤寒流行，病死的人很多。他心里非常难受，决心救治他们。张仲景回到家，求医的人特别多，他忙得不可开交，但他心里总记挂着那些冻烂耳朵的穷百姓。他仿照在长沙的办法，叫弟子在南阳东关的一块空地上搭起医棚，架起大锅，在冬至那天开张，向穷人舍药治伤。张仲景的药名叫"祛寒娇耳汤"，是总结汉代三百多年临床实践而成的，其做法是用羊肉、辣椒和一些祛寒药材在锅里煮熬，煮好后再把这些东西捞出来切碎，用面皮包成耳朵状的"娇耳"，下锅煮熟后分给乞药的病人。每人两只娇耳、一碗汤。人们喝下祛寒汤后浑身发热，血液通畅，两耳变暖。老百姓从冬至吃到除夕，抵御了伤寒，治好了冻耳。张仲景舍药一直持续到大年三十。大年初一，人们庆祝新年，也庆祝烂耳康复，就模仿娇耳的样子做过年的食物。人们称这种食物为"饺耳""饺子"或"扁食"，在冬至和大年初一吃，以纪念张仲景开棚舍药和治愈病人的日子。如今，饺子已成为我们中国人最喜欢吃的食物，我们不仅在过年的时候吃饺子，在过年之外的其他日子也吃。而东北人对饺子的热爱程度那更是无可挑剔，一碗热腾腾的酸菜饺子，几个人一块儿坐在热炕上一边吃着饺子，一边喝着大碗的酒，一边聊着天，享受着过年之中那份浓厚的节日气息，这就是东北人那美妙而又惬意的生活。

我们中国人喜爱吃饺子，外国人也喜爱吃饺子，而他们吃的饺子和我们中国人吃的饺子有很多区别。饺子的英文名叫"dumpling"。自从中国把饺子文化传播到世界各地之后，外国人便开始效仿中国饺子的做法；据说，饺子在国外的做法已经达到了三十多种。在土耳其，人们把五香羊肉包在面粉里蒸熟，或煮熟之后搭配上酸奶酱或辣椒酱一起吃，这就是土耳其的饺子。在印度的萨摩萨地区，人们把剁碎的蔬菜、土豆及香料包在面皮里包成三角形，然后放在锅里一炸，这就是印度的萨摩萨三角饺。韩国的饺子名叫"mandu"，它的包法和中国的饺子没有太多的区别，区别大一点的就是它的馅料里头只包肉而不包其他东西，吃的时候要搭配着泡菜一起吃。意大利人则把面皮压成一长条，一勺勺放好馅，在面的边缘沾上水，再用同样一条面片合在一起压好，然后用刀一一切开，这就是意大利的饺子。而日本饺子的做法则跟中国饺子的做法完全一样，不过值得一提的是日本人会做饺子已经有一千多年的历史了；相传是从中国唐朝时期鉴真和尚东渡日本的时候传过去的，由此可见我们中国文化的博大精深，我们中国先辈们的智慧是无穷无尽的。

过年除了要讲究许多种习俗之外，还要讲究一种特殊而又古老的纪年方法，那就是十二生肖。每逢过年，中国人就会把十二生肖中的一种动物拿来当作新一年的吉祥物。十二生肖是我国传统文化的重要组成部分，由十二种动物即鼠、牛、虎、兔、龙、蛇、马、羊、猴、鸡、狗、猪所组成，是中国人用来代表年份和人出生的年号，生肖为十二周年，每一个人在其出生年都有一种动物作为生肖，是中国民间计算年龄的方法。它起源于春秋战国时期；其中，以春秋《诗经》为最早。《诗经·小雅·吉日》里有"吉日庚年，即差我马"八个大字，意思是庚午吉祥时辰好，是跃马出猎的日子，这是将午与马对应的例子。除了中国人有十二生肖之外，其他国家也有十二生肖，不过它们的十二生肖里头的动物与我们中国十二生肖里头的动物不一样。比如说埃及，埃及的十二生肖分别是牧羊、山羊、猴子、驴、蟹、蛇、犬、猫、鳄、红鹤、狮子、鹰，而越南的十二生肖当中则用"猫"替代了"兔"。印度的十二生肖则用"狮子"替代了"老虎"，用"金丝雀"替代了"鸡"。关于十二生肖在我国民间还流传着这样一个传奇故事，传说玉皇大帝想选出十二种动物作为代表，然后他就派神仙下凡跟动物们说了这件事，又定了时间在某年某月某日某时到天宫来竞选，来得越早的排得就越靠前，后面的则排不上。而那个时候的猫和老鼠还是好朋友。猫爱睡觉，但它也想被选上，所以就叫老鼠到时候叫它。可是老鼠一转头就忘记了。老鼠去找老牛，说它起得早跑得快，叫牛到时候带带它。老牛答应了。那个时候的龙是没有犄角的，而鸡是有犄角的。龙就跟鸡说，鸡已经很漂亮了，用不着犄角，叫鸡借它。鸡一听龙的奉承，很高兴，就把犄角借给了龙，并叫龙竞选后记得按时还它。龙满口答应了。到了某年某月某日某时，众动物纷纷赶向天宫，而猫还在睡觉。到达天庭后，在牛的背上的老鼠"蹭"地一跳率先到达。玉皇大帝就说老鼠最早到达，让老鼠排第一。老牛排第二。老虎也随后到了，排第三。兔子也到了，排第四。龙来得很晚，但它个儿大，玉皇大帝一眼就看到了它，并看它这么漂亮，就让它排第五，还说让它的儿子排第六，可龙很失望，因为它儿子今天没来。这时后面的蛇跑来说："它是我干爸，我排第六！我排第六！"蛇就这么排了第六。马和羊也到了，它俩你让我，我让你的："马兄你先"，"羊兄你先"，推来推去，玉皇大帝看它们这么有礼貌，就让它们排了第七第八。猴子本来排三十几的，可是它凭自己会跳，就拉着天上的云朵跳到了前面，排到了第九。接着鸡、狗、猪也纷纷被选上。竞赛结束后猫才醒来，老鼠刚回家就被猫满世界地追。竞赛结束后，龙来到大海边，看到有犄角的它比以前漂亮多了，就不准备还鸡了。为了躲鸡，它从此就消失在人间，而鸡很气愤，于是它从此以后天天一大早起来对着大海喊："快还我！快还我！"母鸡就喊："快还它！快还它！"小鸡也叫："还！还！"这也许就是鸡要清早起来打鸣的缘故了。

　　我第一次知道并了解自己的生肖，是在我小时候过年给爷爷奶奶敬完酒坐下来吃年夜饭的那天晚上，听到大人们在一块儿谈论十二生肖时，我禁不住在中间问了一句："你们所说的本命年、十二生肖是什么意思呀？"爷爷听了我的提问后回答说："本命年就是属相年，你是属马的，十二生肖是古人用来纪年的十二种动物，分别是鼠、牛、虎、兔、龙、蛇、马、羊、猴、鸡、狗、猪。"听完爷爷的话后我茅塞顿开，灵机一动回答说："那我爸爸妈妈属兔，今年不就是他们的本命年吗？"爷爷听完我的回答后，十分高兴地说："我的大孙子就是聪明，一点就会，不过你要记着，你是属马的，马就是你的生肖，这个可不能忘。"我重重地点了一下头，回答道："嗯，我记住了，爷爷。"我以前小的时候总是听到爸爸妈妈在我耳边说他们属兔，但就是不明白那是什么意思，不过自从那一次听了爷爷的一番解释之后，我终于完全明白了，而且从那一刻开始我就永远记住了自己的属相，我属马，生于1990年。

说到春节最为高潮的一个环节，那就不得不提春节联欢晚会了。每逢除夕晚上8点左右，我和我爸妈就会从爷爷奶奶家赶回来，然后守候在电视机前等待着春节联欢晚会的开播；看春晚的时候，我们一家人总会一块儿躺在床上看，我躺在床的中间，爸爸则躺在我的左边，妈妈则躺在我的右边，静静地观看着中央电视台播放的春晚，既温馨，又甜蜜。说到春节联欢晚会的起源可以追溯到1956年，当时由张骏祥任总执导，谢晋、林农、岑范、王映东任导演，由中央新闻纪录电影制片厂出品的春节大联就是春晚的源头，到了1979年除夕，中央电视台播出了具有春晚性质的迎春文艺晚会。直到1983年，春晚才正式定型采用现场直播的形式开播，就成了现在的春节联欢晚会。在我所观看过的所有春晚节目当中，让我印象最深刻的要数陈佩斯的小品了，他的表演十分精湛。在《吃面条》这部小品中，他把吃面条的动作演得惟妙惟肖，仿佛在他手里捧着的那个空碗中真的装着一大碗面条一样，将他戏中的角色演得活灵活现，在表演的过程中还不忘表现出一丝幽默，和朱时茂的搭配那更是心意相通，珠联璧合，默契十足。除了《吃面条》以外，我还看过他的很多部小品比如《羊肉串》《拍电影》《大变活人》

等，给我的童年带来了无穷无尽的欢乐，而他的光头形象也在我幼小的心灵深处留下了最为深刻的记忆，以至于在我小时候只要看到光头的成年人，就会联想起陈佩斯。只可惜他自从在1998年的春晚和朱时茂演完最后一部小品《王爷与邮差》之后，就再也没有出现在春晚的舞台上。这让我心里头多多少少都感觉有点遗憾。

多年后，我才知道他和央视闹过一点小小的矛盾，所以才没能继续留在春晚的舞台上。虽然央视在许多热爱陈佩斯小品的粉丝的强烈要求下，曾多次请求他复出参加春晚，但都被他以"没有档期"为由婉拒。当人们问起他为什么多次拒上春晚时，他回答道："我回不去了，不能回到襁褓中去，时光不能倒流。"他在春晚舞台上的离去只能成为我们这些热爱他小品的粉丝们心中永远的遗憾。春晚的舞台上没有了陈佩斯，我总感觉像少了点什么。尽管在春晚舞台上加入了几位像冯巩、赵本山、宋丹丹等许多人，又加入了像刘谦的魔术、赵本山和宋丹丹的小品、冯巩的相声、周杰伦等众多明星的演唱等一系列新的节目，但是我依然只钟情于陈佩斯的小品。说到春晚后来加入的一些人，我印象最为深刻的就要数冯巩了，我之所以对他印象深，倒不是因为他人长得帅，也不是因为他相声说得好，而是因为他长得像我爸爸。

每当春晚播出的时间快要接近尾声时，春晚里头的那些主持人就会从十开始一直数到一，当一数过之后就寓示着新年的钟声敲响了，新的一年来临了！这时候，爸爸就会和我一起到阳台上放鞭炮，去迎接新年的钟声，以祈求来年平平安安，幸福健康，风调雨顺。

春节是老祖宗为我们子孙后代们留下的最为宝贵的非物质文化遗产，也是中华民族贡献给人类的一笔伟大的精神财富。中国人之所以喜爱春节，是因为它有一股能把亲人之间和朋友之间团结起来的凝聚力。在节日期间亲人之间的一声简单而又亲切的问候，邻居之间互相串门送去礼物和祝福，一家人坐在一块儿谈笑风生，亲戚们一块儿帮忙做年饭，包饺子都能时时刻刻感动着我们。多个人多双筷子吃起饭来才有滋味，少个人少双筷子吃起饭来就索然无味。春节，它带给我们的不仅仅是祝福、欢乐，还传递着人与人之间那份和谐、关爱、真诚，还有温暖，同时也拉近了人与人之间的距离。

春节，它象征着中华民族的团结和兴旺，使所有中国人民和海外侨胞寄托着新一年的希望。它象征着世界人民的团结，是中华民族与世界其他民族的一道可以沟通的桥梁。每逢春节这一天，许多国家的领导人都会给我国领导人发去新年祝福的贺电，然后以一种非常友善的态度抛开政治上的分歧与成见，去接纳中国侨民在他们国家所举办的春节。在新加坡、马来西亚、美国、英国、法国、澳大利亚等国，我们都能看见这样的场景，中国人在擀面皮，美国人在包饺子，马来西亚人在做馅料，法国人在贴春联，英国人在贴倒"福"，意大利人在放鞭炮，澳大利亚人则在舞龙灯；就是这样一种多元化民族在春节这个大家庭里渐渐融合的趋势，在不经意间传承了中华文化之精髓，发扬了我们中国伟大的传统文化，使得越来越多的外国人对中国文化产生了浓厚的兴趣，并且开始喜欢中国，热爱中国。

春节不同于西方国家的圣诞节，它并不带有任何宗教色彩，它仅仅代表着中国人民对于新年到来的强烈期盼，代表着中国人民心目中对于辞旧迎新的美好愿望。一碗热腾腾的饺子，一桌美味可口的年夜饭，使得亲人之间的心紧紧地联系在一起。一副副贴在门上的春联，一个个挂在屋檐下的大红灯笼，使得邻里之间的关系越发团结和友善；一声声骤然响起的爆竹和烟花，一幅幅在夜空中绽放着的美丽画卷，使得节日的气氛越来越浓；一条条简单而又充满温馨的祝福短信，一个个恭贺新年的问候电话，使得同事之间和朋友之间的友谊越发融洽。这就是中国人的春节，一个充满温馨而又幸福的传统节日，一个充满祝福和欢乐的传统节日。中国人什么节日都可以忘，唯一不能忘掉的就是春节。

　　在世界，无论我们走到哪儿，都不会忘记这样一句话："我是中国人，我要过春节！"

我的爱情在哪里

　　爱情是人与人之间的强烈依恋、亲近、向往，以及无私并且无所不尽其心的情感。它能够给人们带来快乐，也能够给人们带来痛苦和悲伤。从古至今，不知有多少人曾经因为它而放弃功名利禄，放弃荣华富贵，放弃曾经的梦想，放弃一切所能放下的东西，仅仅只为能够和自己最心爱的那个人相伴到永远，哪怕是死也心甘情愿。

　　在爱情面前，人和人之间都是平等的，它能够超越年龄的界限，能够超越伦理道德的束缚，能够超越人们生活当中一切所能够超越的东西，甚至包括性别。作为人类生活当中不可或缺的一部分，它总是在不经意间出现在人们的面前。我们中国人都讲究缘分天注定，认为两个人在一起是老天爷的安排，于是就有了月下老人牵红绳这一说法。这也难怪，由于爱情的到来总以一种出其不意的方式偶然间出现，所以人们便开始感觉到它似乎是命中注定的。其实，这种说法是不成立的。因为人的命运应该由自己掌握，爱情的到来也应该是由人来定的，只要肯为爱付出自己全部的努力，就会有希望找到一个适合自己的另一半。但是爱情并不完全讲究付出和回报，它所注重的毕竟是人和人之间的感情，培养爱情的关键在于互相爱慕，双方之间应该你情我愿，强扭的瓜是不甜的，追求一个自始至终一点儿都不爱自己的人，即便付出再多的努力也只能是徒劳无功。

对于男人而言，他一生中最大的幸福，就是能够找到一个漂亮、贤惠、有修养并且情投意合的女人同他相伴一生，正所谓"窈窕淑女，君子好逑"。长得漂亮的女人自然而然是最受欢迎的，但关键还是在于内涵。对于女人而言，她一生当中最大的幸福，就是能够找到一个有经济实力，靠得住并且对她好的男人，正所谓"男怕入错行，女怕嫁错郎"，找一个有经济实力、靠得住，并且对她好的男人比什么都重要，因为这关乎她一生的幸福，而且女人通常是要靠男人吃饭的，所以在择偶这个问题上，女人一般比男人更为谨慎。

但是在爱情的世界当中，个人条件似乎不是那么的重要。因为真正的爱情是要经受住现实和世俗的考验的，像《绝色双娇》中的主人公芊芊，她长相一般，又没有多大的修养，论文化，她连大字都认识不了几个，更谈不上贤惠了；论出身，她只不过是个妓女而已（虽然她的真实身份是公主），但是她能够在机缘巧合之下深得朱寿皇帝的喜爱，而朱寿则可以为了她而不顾太后的反对，坚持要娶芊芊为妻并且封她为皇后，最后在经历艰难困苦的情况下，两个人最终结为夫妻走到了一起。像《泰坦尼克号》中的男主人公杰克，论身份，他只不过是个穷小子，但是女主人公露丝却因为爱情而死心塌地要跟他，宁肯做杰克的情人，也不愿嫁给她那有钱有权又有势且靠得住而且对他好的贵族未婚夫卡尔。由此可见，在爱情面前，富贵也好世俗也罢，都只不过是过眼云烟，只要恋人之间互相恩爱，坚持到最后那就是幸福；如果无法坚持或是坚持不下去，那就是悲剧。而梁山伯与祝英台的爱情，就是因为无法经受富贵和世俗的考验，才会最终导致他们这场爱情悲剧的发生。

多情自古空余恨，有情总被无情伤。人世间最痛苦的事，莫过于不能同自己最心爱的那个人长相厮守。有多少爱可以重来，有多少人愿意等待，如果我的爱情要是可以重来，我愿意用我的一生去耐心地等待。

我的爱情开始于我的初中时代，那个时候的她天真、活泼、浪漫；她长着一双又黑又大又明亮的眼睛和如同柳叶一样大小的好看眉毛，在我们那个班级里，她几乎是出了名的班花。我能得到她的垂爱，真乃三生有幸，跟她在一起的那段日子里是我一生之中最快乐的时光。虽然在当时那个思想保守的年代，早恋是不被看好的，但是对于我们两人来说，这些都不重要，只要彼此之间互相喜爱，不管外人怎么看，我们都不在乎，至少我们俩是自由恋爱，又没有做过什么亏心事。只可惜，天有不测风云，人有旦夕祸福，老天爷还是没能让我们俩永远在一起。

就在 2009 年的某一天，我听到了一个对于我来说是我一生之中最不愿意听到的噩耗，也是我一生当中最不愿意接受的现实；她患上了一种可怕的疾病——红斑狼疮。听到这个消息之后，我的心都碎了，人就如同散架一般东倒西歪找不着东西南北；从那一刻开始，我才深刻感觉到我是多么渴望能够永远得到这份爱，我曾一次次在内心深处呐喊这不是真的，但是当我第一次在医院的病房看见她那张被病魔折磨之后的憔悴的脸蛋时，我才慢慢地接受了这个残酷的现实。

"上邪！我欲与君相知，长命无绝衰。山无棱，江水为竭，冬雷震震夏雨雪，天地合，乃敢与君绝！"曾经的山盟海誓如今已随风飘远，曾经的爱情理想，很快就要化为泡影。老天爷呀！你为什么要这么残忍？月老呀！你为什么要故意剪断我们脚上的这条即将要系好的红绳？难道你们就这么忍心拆散你们眼前这对相亲相爱的恋人吗？为什么要让她患上这样可怕的疾病，为什么？为什么？

"我们分手吧！"

一个声音突然间打断了我内心深处对老天爷还有月老不公的质问与控诉；我知道，那是她的声音，我抬起头认真地看了她一眼，那种无奈的表情和失落的眼神，让我这一辈子都无法忘记。

"为什么要分手？"

我向她反问道，在反问的同时，我也期望着她能够把这份爱坚持下去。

"因为我这样子只会拖累你，你应该去找一个能够真正陪伴你过一生的女孩子。"

可惜，她不愿意继续坚持下去了，我的期望一时间变为了失望，但是我依然固执地想要坚持下去。

"不，你不是答应过我，要和我永远在一起的吗？不管你变成了什么样子，我都愿意照顾你一生一世。"

"不行，你别再说傻话了。"

她激动地流着眼泪，微微动了几下嘴唇，浑身颤抖着说：

"刚才医生都把实情告诉过我了，我们已经不可能再在一起了！放手吧！"

听完她的这句话后，我终于闭上了嘴，没有打算继续跟她说下去，既然她心意已决，我也只好认命；一段美好的爱情就这样画上了句号。我哭丧着脸，迈着沉重的脚步心灰意冷地走出了医院，从此便再也没有见过她。

有一种爱叫作放手，为爱放弃天长地久。

我的离去若让你拥有，让真爱带我走。

有一种爱叫作放手，为爱结束天长地久。

我们相守若让你付出所有，让真爱带我走说分手。

这是多么熟悉的一段歌词呀！听得我有感而发。只可惜，她放下了我，但是我始终没能完全放下她。

问世间，情为何物，直教生死相许？

天南地北双飞客，老翅几回寒暑。

欢乐趣，离别苦，就中更有痴儿女。

君应有语：渺万里层云，千山暮雪，只影向谁去？

爱情就像两个拉着橡皮筋的人，受伤的总是不愿放手的那一个。随着年龄的增长，我已经到了应该考虑一下个人问题的时候了，而她却永远地成为我感情问题上一道不可磨灭的记忆。为了我将来能够早日成家立业，我母亲在这方面没少为我操心，尽管她已经为了我介绍过很多个对象，可惜我却一个也没能看上，因为我始终都无法完全忘掉那份情。在我心中，她比任何女孩都要尊贵，她在我心中的地位是任何女孩都无法取代的。看到母亲为了我个人问题而操劳得两鬓斑白，我只能默默地在心底忏悔地对她说一声：

"母亲，请恕孩儿不孝。"

但是，我的个人问题终究还是要解决的，正所谓男大当婚，女大当嫁，成家立业结婚生子是人的本能，谁也不愿意孤孤单单地生活一辈子。离开她以后，我的感情世界始终是一片空白，我不知道我今后的爱情之路该何去何从，我又能否找到我心目中的另一半，又有谁能代替她在我心目中的地位，陪我相伴到永远。初恋是青春的原野上盛开的第一朵玫瑰，无可替代，无法忘怀。它是最初的爱，最深的情，最深的痛，最悲伤的结局。虽然我知道，初恋一般是不能长久的，但是我始终无可救药地陷入她曾经带给我的美好回忆之中：我们曾经手拉着手形影不离地在绿色的草丛之中散步，曾经相拥在一块儿欣赏着晚霞带给我们的那最后一抹光辉，曾经在同一张课桌上共同演绎出一曲《同桌的你》，曾经互相用信封来传达彼此间的心声，这一切的一切就如同录影带一样在我脑海中不断放映着，让我如何忘记得了。在宁静的夜晚，我扯过床前的灯，仰望星空，她的脸就仿佛夜空中那一轮高挂着的明月，正在注视着我，却是那么的遥不可及，可遇而不可求，只能远远地看着。

> 十里平湖霜满天，寸寸青丝愁万年。
>
> 对单影孤望相护，只羡鸳鸯不羡仙。

我们曾经的山盟海誓也只能化作她周边的那无数颗星星。离开她以后，我才感觉到我是多么爱她、多么需要她，我多么希望她的病能一下子好起来，然后回到我身边陪我，与我长相厮守，永不分离；爱得越深，心就会越痛。因为她我放弃过太多曾经深爱过我的女孩子，因为她我已经耗费了四年多的美好青春年华。我可以毫不隐讳地说：

"我是世间少有的痴情男。"

但痴情终归是要付出牺牲付出代价的。

曾经沧海难为水，除却巫山不是云。

取次花丛懒回顾，半缘修道半缘君。

唐朝大诗人元稹为悼念他的亡妻而写下了《离诗五首》之四这样不朽的名诗，他的痴情宛如他笔下的沧海一般奔流不息，而他的青春却不能像他笔下的巫山那样与世长存，他往后的日子注定要孤独终老，在没有人陪伴的岁月中孤独地死去，这就是痴情的代价。

而我现在还很年轻，往后要过的日子还很长，所以我的青春不能再这样继续耗下去了；所谓"百善孝为先，不孝有三，无后为大"。为了我今后的生活，我必须振作，重新开启我的第二段爱情。"天涯何处无芳草，何必单恋一枝花。"爱情只不过是我生命中的一首小插曲，我又何必太过执着，失去一个自己最心爱的人，并不代表我以后永远也找不到属于自己的另一半，人的一生难免会遇到一些挫折，而爱情的挫折只不过是我人生之中所有遇到过的挫折中最为严重的一次，只要心中那颗坚强的心不死，再严重的挫折也不会轻易地将我彻底击倒。

人这辈子不是为了爱情而活，爱情只不过是人生当中的一部分，但不是人生的全部。所以，在今后的爱情道路上，我会坚持而又勇敢地走下去，依然还会去寻找下一段真正属于我的爱情。

我的爱情在哪里？我爱的人在哪里？爱我的人现在又在何方？至于这个问题嘛，呵呵，只能留给未来的我自己去解答了。

舌尖上的黄陂

  黄陂地处湖北省东部偏北、长江中游北岸，武汉市北部，是武汉市面积最大、人口最多、生态最好的城区。说起黄陂，人们一定会想到木兰天池、木兰山、木兰湖、云雾山等一系列人文景观。但是要说到美食，恐怕没有人会对此做出一番独到的见解，人们普遍认为黄陂是武汉市的一部分，所以黄陂的美食也就等同于武汉市的美食，但是只要细细一品就会发现，原来黄陂的地方美食其实也有着和武汉市内美食不一样的独特魅力。

  在黄陂区常家大湾的某处偏僻的小村庄。祁勤民夫妇正在制作黄陂区的特色风味——黄陂三鲜。这道菜黄陂人一般只在过年的时候吃，而今天已是腊月初九，离过年还剩十几天，所以他们想在过年之前把自个儿家的特色三鲜给做出来，然后再到城里头的菜市场去卖个好价钱。所谓三鲜，就是指鱼丸、肉丸、肉糕三样菜的统称。现在的三鲜，一般是用机器制作，那是因为机器制作的速度比较快，而且制作的效率比较高，又能够赶上过年前几天购买年货的最佳时期，所以大多数卖家都愿意选择用机器来制作三鲜。而祁勤民夫妇则坚持用传统的手艺来制作三鲜，因为他们觉得用机器制作会影响鱼丸、肉丸和肉糕的口感。

鱼丸的制作过程很简单。祁勤民的妻子梁惠选用他们几天前在集市上买的新鲜的白鲢，然后去掉鱼鳞和皮，再用刀在鲢鱼上刮下一层层的鱼肉，直到见到红色鱼肉为止。做这一个步骤需要的是刀功还有耐心，只要稍微不注意，把刀刮向其他的地方或者用力不到位没有见到红色鱼肉，就会影响口感。刚开始做这个的时候，梁惠总会一不小心把刀刮向右侧或者因为一时大意没有用刀刮到红色的肉。经过她丈夫祁勤民的多次指点，她的手艺才有了长进。刮好鱼肉后，再把鱼肉剁碎，配上蛋清、葱白、姜汁、猪油、淀粉。对辅料的选择上，是有苛刻要求的。姜一定要选择刚刚长出的子姜，因为子姜的姜汁比较饱满，味道也很浓郁，正好适合做姜汁。猪油最好是刚刚熬出来的猪油，因为这样的猪油能让鱼丸变得光滑，增加鱼丸入口即化的口感。淀粉既不能加多又不能加少，因为加多会减少鱼丸特有的鱼鲜味，加少则会让做出来的鱼丸变得松散。

做完这些之后，再用手拍打和上淀粉、姜汁、猪油、小葱的鱼蓉，以便把鱼蓉内的空气排出。做这个步骤也需要技术，手拍打的速度必须要快，慢一点的话就不能让鱼蓉内的空气彻底排出，从而影响到鱼丸的肉质和口感。最后再把打揉好的鱼蓉用手搓成小团形状，然后用沸腾的清水煮熟。等到煮熟的鱼丸能够漂浮在水面上，这样的鱼丸才能算是做得成功的鱼丸。

此时，梁惠的丈夫祁勤民正在制作肉丸和肉糕。他把在菜场上刚刚买的新鲜猪肉剁碎，猪肉以七分瘦三分肥为佳，配上鱼蓉等，再和上淀粉和各种调料，用滚烫的油炸至金黄，出锅后滤掉表面的油，这样能够避免在吃的时候感觉油腻。不过，刚刚炸过的肉丸还不能够称为三鲜，需要把它放置到阴凉处晾干冷却之后才行。肉糕制作的原料和肉丸几乎相同，但是在制作方法上有很大的不同。制作好肉丸之后，祁勤民把留着制作肉糕的原料放入蒸笼。在放入蒸笼之前，祁勤民先在蒸笼的底部放置了一块儿豆腐皮，然后再用猛火蒸十五到二十分钟，出笼后再把肉糕切成四份，一块儿香喷喷的肉糕就这样做成了。到了第二天一大早，祁勤民夫妇就把做好的三鲜拿到集市上去卖。

今天的生意还算不错，不到一小时，他们家的三鲜便卖去了一半。由于他们家的三鲜是用传统手工做的，口感醇厚，美味十足。遵循传统手艺比那些用机器做出来的三鲜要好吃得多，所以许多慕名而来的买家都争先恐后地前来购买他们家制作的三鲜，不一会儿三鲜便卖完了。祁勤民夫妇俩幸福地拿着今天收到的钱走在回家的路上，因为这些钱刚好够他们在城里上初中的儿子去交今年上半年的学费。一分耕耘，一分收获，只要用心去做，再加上自己辛勤的劳作，总会获得自己最为满意的收获。

离过年的日子越来越近了，住在黄陂城区里头的王传林夫妇也在制作他们的年货。不过他们做的不是三鲜，而是卤干子。王传林夫妇是姚集人，来黄陂城区已经有十余年了。姚集是黄陂区里的一个小镇，属于乡镇地区，那里比较出名的美食就是卤干子。十余年前夫妇在老家学会了这门手艺之后，便迁居到黄陂城区将这门手艺发扬光大，而且挣了一大笔钱，后来王传林便用这笔钱在黄陂区常家大湾附近开了家小超市，除了卖一些副食品之外，还卖点烟花爆竹和在清明节时需要用到的黄纸、蜡烛和鞭炮，生意还算可以。不过，王传林夫妇在城区里的正规事情不是开超市，而是卖卤干子。他们家除了拥有一家小超市外，还在潘家田菜市场拥有一家卤干子作坊，作坊的占地面积比超市要大很多倍。由于王传林以经营卤干子作坊为主，所以超市的管理就完全交给了他们的儿子和儿媳妇。王传林家的卤干子除了好吃之外，还有一种特殊的味道，对于老一辈的食客来说，那就是一种怀念的味道。那是因为王传林的卤干子完全是遵循传统的老工艺制作，不像一些黑心的卤干子老板那样在卤干子里头加一些特殊物质，也不像那些追求速度和效益的老板那样依赖机器，所以他们家的卤干子的味道，能够唤醒老一辈的人对于传统味道的深刻记忆。今天的天气虽然有些寒冷，但是王传林仍然坚持要把剩下的一批没有卤过的新鲜干子卤完。这些新鲜干子也是他自己做的，也是遵循传统手工艺制作而成，可以称得上是良心卤干子。

在即将卤制之前，王传林把八角、桂皮、茴香、草果、肉蔻、盐、葱姜、干辣椒、香菜茎熬了一天一夜。之所以要用刚刚熬好的卤水，是因为这样能够保证卤干子的新鲜程度。而那些用过的老卤水则被王传林留下一小部分精华。倒入了正在熬制的卤水之中。一般的卤水往往要加入一点用油炒过的白糖，那是为了给卤干子上色，而王传林却很忌讳这样的做法，因为他觉得这会破坏卤干子的口感，从而掩盖卤汁进入干子里头的味道，虽然加过炒糖之后卤出来的干子看起来不错，但是在味道上要大打折扣，所以他们家卤出来的干子一般都是白色的。当卤水的温度达到一定程度的时候，王传林便将他手中的干子顺着筲箕全都倒进卤水，然后静静地等待，等待着普通干子变成卤干子的这一漫长过程。这个过程需要的是耐心。如果在卤制过程中火变小了或是变大了，王传林便会往锅灶里添加一些柴火，或者用火钳夹出一些柴火来控制火候，这样卤出来的干子味道才会正宗。之所以不选择用煤气灶，那也是为了遵循传统卤制技艺。过几小时后，干子便全都卤好了。在将卤干子捞出来之前，王传林还要亲自品尝一下干子的味道，如果干子的味道不正宗，还需要继续卤上一段时间，因为这样才对得起顾客。不过，今天的干子卤得还算不错，王传林尝了一口之后，便把卤好的干子用漏勺子全都捞了出来。捞完卤干子之后，再将卤干子放在阴凉处，然后盖上湿布，等待着隐藏在卤干子里头的神秘味道的慢慢苏醒。

到了第二天清晨，王传林家的卤干子作坊门口处早已围满了人，人们争先恐后购买他们家的干子，使王传林夫妻在这群热衷于他们家卤干子的粉丝面前忙得是焦头烂额。而在购买他们家卤干子的人群当中，就有我外婆的身影。外婆很幸运地买到了王传林家最后一点卤干子。她回到家，准备用这些卤干子为外公做上一道美食，来庆祝外公八十三岁生日。

外公是一名志愿军老战士，1950 年他参加过朝鲜战争，1953 年他很幸运地回到了祖国母亲的怀抱。此时的他正坐在一张餐桌前，和他在抗美援朝期间一同战斗的老战友们，喝着他今天的寿酒，讲述着以前上战场打仗时的艰难和困苦。而此时的外婆正在厨房里忙活着她今天要给外公准备的寿宴。当她做完其他几道菜之后，便开始做她今天买来的卤干子。

她先把灶上的油烧热，然后迅速把卤干子放入油锅中爆炒，等到卤干子被炒成金黄色之后再加入大蒜，大蒜炒熟时的香味搭配着卤干子的嚼劲，更能凸显出卤干子自身味道的鲜美，然后加一点点盐、一点点干辣椒，接着爆炒一会儿之后，这道菜就算成功了。之所以只加盐而不加其他任何调料，是为了不破坏卤干子本身的味道，而干辣椒的辣能让卤干子味道更为丰富。爆炒的时间只需两三分钟就够了，因为炒久了的话会让卤干子失去嚼劲。

　　接着，外婆便把她精心为爱人炒的这道菜端上餐桌，外公和他的几位专门过来为他祝寿的战友，一人夹了一块儿卤干子，然后放在嘴里咀嚼了一番之后，在座的全都赞不绝口。但是在咀嚼的过程中，外公和他的老战友略微感觉到干子里有一丝的苦味，但是回味过后又感觉到一丝甘甜。他们全都愣住了，想到他们当年在朝鲜浴血奋战赢得胜利之后回到祖国母亲的怀抱，享受着今天这样幸福的生活，心里顿时有一种苦尽甘来的感觉，而这种感觉恐怕只有他们这些志愿军老兵才能感受到。

　　吃过外婆做的大蒜炒卤干之后，外公向他的战友们推荐了餐桌上的另外一道菜——腌鱼。这条鱼是他在一个星期前腌制的，做这道菜的时候只需在饭锅里一蒸便成为一道菜。当他的战友们各自夹了一块腌鱼放进嘴里品尝的时候，那种入口即化的超爽口感，再加上酥脆的外皮及保存在鱼肉中的那股鲜嫩味道，顿时让他们赞叹不已，他们都觉得这道菜简直太好吃了。而在这个时候，外公便笑着向他的战友们传授着腌制鱼肉的秘诀。

一个星期前，外公在黄陂大坝上钓上了几条草鱼，回家之后外婆便把这几条鱼去鳞，然后去掉鱼的内脏、头部、尾部。等到把鱼肉表面的水分晾干之后，再刷上一层米酒，最后再均匀地抹上盐，这盐可不是在超市里买的那种普通的盐，而是从自己家的井水中提炼出来的盐。因为外婆觉得用这样纯天然、没有经过工业化处理的盐，腌制出来的鱼才会焕发出鱼肉自身的鲜美。抹盐的时候，动作一定要温柔，因为抹的动作快会破坏鱼的纤维从而影响鱼的肉质。抹完盐之后外婆便在腌好的几条鱼的鱼肚中放上生姜、八角、花椒、干辣椒，最后再把鱼放进自家的腌缸里头。等到腌缸里已经装满鱼之后，再在腌缸里放上一块木板，在木板上压上一块光滑的石头，最后再盖上盖子放在阴凉处完全密封。一个星期之后，把腌鱼从腌缸里取出来，放在太阳底下晾晒，让鱼肉变得干燥，等到鱼肉完全干燥之后便可以吃了。

烹饪腌鱼的方法有很多种，煎和炒只是其中之一，但最完美的烹饪方法就是蒸。这种方法既简单又直接，它能够唤醒腌鱼的鲜味搭配调料时所转换出来的味道魔力。过了十几分钟，他们的午饭吃完了，外公的寿宴也结束了。

吃完饭后，外公和他的战友们在餐桌上进行着长时间的闲聊，他们互相关心着对方的生活状况，也回忆起当年上战场打仗时的艰苦，不一会儿在餐桌上传来了一首志愿军抗美援朝时的军歌：

雄赳赳，气昂昂，跨过鸭绿江
保和平，为祖国，就是保家乡

中国好儿女，齐心团结紧

抗美援朝，打败美国野心狼

　　而餐桌上的那道大蒜炒卤干已被他们给吃了个精光。除了三鲜、卤干子以外，腊香肠也是黄陂年味的一道特色。现在离春节只剩下两三天的时间了，居住在黄陂城区小板桥菜市场的腊肠作坊老板王军朝，正在抓紧时间把他最后剩下的腊肠给卖掉。此时在他的腊肠作坊门前已经围满了人，他家的生意一直都很好，腊肠的味道也是十分地道，最重要的是他为人正直诚信，从不缺斤少两，所以人们都愿意去照顾他的生意。

　　王军朝有一个外号叫"汉奸"，那是和他一起玩得好的朋友给他起的一个特殊的外号，因为他人长得很瘦，而且不像是一个好人，如果戴上一顶草帽和一副墨镜，简直像极了抗战片里头的汉奸。虽然他长得不像什么好人，但是拥有一副热心肠。遇到生活困难的人，他总会尽自己所能在经济上给别人提供一些资助，遇到穷人买他东西的时候，他只收取穷人可以付到的钱，并且多给他一些卖的东西。而他家的腊肠也和他本人一样，纯粹、本分，里头没有一丁点会使人吃过之后上瘾的有害物质，让人吃着安心。

　　在一个月前，王军朝和他的妻子谈格琼在他的农村老家宰了一头猪。王军朝夫妇居住在农村，他有个亲弟弟名叫王民朝，是村里头一家开养猪场的老板，而他们家的猪则完全属于自然放养的家猪，猪种则属于黄陂本地猪。这些猪白天就会走出猪圈，然后自己去找食物，饿了就吃一点野外的草，渴了就去湿地那里喝一点，到了夜晚，王民朝就会让他的员工把所有的猪全都赶回猪圈里，一头也不能少。到了下雨天的时候，王民朝才会给它们吃一些新鲜的大米和一些有营养的草药。这样养出来的猪，不仅肉质鲜美，而且营养丰富，吃了对人身体有益。而且在猪的饲料中，王民朝严格禁止添加瘦肉精和生长素。用这样的猪做出来的香肠，好吃程度自然不在话下。

三年前，王军朝和他弟弟王民朝做了一笔交易，王民朝给王军朝提供猪肉，王军朝则把这些猪肉做成腊肠在菜场上出售，所以王民朝每年都能够获得一笔丰厚的利润。而王军朝也可以获得一笔卖出猪肉时所挣到的利润。猪被宰掉之后，王军朝用刀子熟练地从猪身上割下需要用来做腊肠的一部分肉，割完之后，他又割下另外一部分肉留着自己吃，其他的肉则分给了村子里头的其他村民。做腊肠的肉一般是七分瘦三分肥，因为肥肉太多吃起来很油腻，非常影响腊肠的口感，而且对身体也很不好。他把做腊肠用的肉切下一小部分，放在了砧板上，然后用刀把肉切碎做成肉臊，之所以不用绞肉机，那是因为用绞肉机绞出来的肉会在机器的作用下在表面上残留下许多金属杂质，不仅对人身体有害，而且会让新鲜的肉变味儿。所以王军朝家的肉臊一般都是用菜刀剁成的。剁肉也是一门技术活，需要的是足够的耐心，十分敏锐的观察能力，还有力度的把握，而且要带有节奏感，剁出来的肉既不能太细，也不能太粗。如果要是能够剁得让每一粒肉臊都是同样大小的话，就算成功了。不过，这门技艺只有王军朝一个人才能掌握，所以剁肉臊的活儿，几乎都是他一个人做。剁完肉臊之后，王军朝便和他的妻子还有女儿往肉臊里放香料，然后拌匀。

王军朝的女儿名叫王莹，毕业于武汉市的一所普通大学。由于在大学时期学的是素描专业，所以毕业之后一直找不到合适的工作，只能够在黄陂城区做一些临时性的工作。今天因为公司放年假，她便回到家帮父母做腊肠。王军朝在肉臊里放的调料只有三样：盐、五香粉和红糖。调料的比例也很讲究，盐一百五十克，五香粉五十克，红糖五十克。之所以要选择用红糖，那是因为红糖没有经过工业化处理，而且对人的身体有益，更重要的是因红糖比白糖更具有对猪肉提升鲜味的效果。选择用一百五十克的盐来腌制，能让食物保存的时间变得更长，而且能让腊肠的盐味恰到好处。拌匀肉臊的动作要轻要慢，太用力就会损伤肉质纤维，从而影响腊肠的口感。王莹拌肉臊的动作非常熟练，她学东西比较快，父亲只教了她三分钟，她便和父亲的手艺不相上下了。

　　肉臊拌匀后，王军朝一家三口便忙着灌肠。他们家灌肠也不用机器，依然遵循着传统的手工艺。因为王军朝觉得机器容易把瘦肉和肥肉之间的比例弄错，还是自己动手比较放心。而他们家灌香肠时所用的肠衣也是他们亲手做的，选用的是从猪的肚子里刚刚摘取下来的小肠，然后浸泡十八到二十四小时，将浸泡过的猪肠刮去三层只留下黏膜下层，然后用水洗净，经过消毒处理，接着灌水进行检验，割去破损有洞的肠段，每五或十根配成一把，用精盐零点五千克左右渍一昼夜即成半成品光肠，光肠再经过漂洗、检查、修刮、盐渍、沥干等进一步加工。把做好的肠衣放上一年之后，就可以使用了。这样做出来的肠衣不仅没有受过任何污染，里头也不存在会有对人体有害的化学物质，属于纯天然的放心食品，让人不仅买得放心，而且吃得安心。

当王军朝一家三口灌好腊肠之后，王军朝便再一次施展出他的绝技。他从案板上拿出他自己亲手制作的简易钉耙，然后用钉耙熟练地刺破肠衣，挤走腊肠里边多余的空气，然后用麻绳对腊肠进行小段的分扎，这项绝技需要非常熟练的技巧。腊肠的分段必须保持一致，而且必须一次性把断肠扎牢，不可以扎两次。为了掌握这门技巧，王军朝练了差不多十年。扎好腊肠之后，王军朝一家三口便把腊肠挂上竹竿，抬在太阳底下进行晾晒，一周之后腊肠便开始散发出它那股迷人的咸香味道。王军朝一家三口站在阳光下微笑地看着他们的劳动成果，心里有种说不出的喜悦。

为了检验做出的腊肠味道是否合格，王莹的妈妈谈格琼决定亲自下厨为她女儿做一道美食——腊肠炒青椒。这道菜做起来一点都不难，只要把锅子烧热，在热锅中放一点点油，然后放入腊肠，把腊肠里头的油给煸炒出来，然后放入青椒，使青椒的辣味和腊肠的咸香味交织在一起，最后将青椒炒全断生之后，这道菜就算完成了。晚饭做好之后，王军朝一家三口便在家中尽情地享受着今天的晚餐，也享受着王莹今天回家一家人难得聚在一起的温馨时刻。王军朝夹了一块炒熟的腊肠放进嘴里品尝一遍之后，微微地点了点头，看来他对这次香肠制作的味道还算满意。王莹也夹了一块放进了嘴里，那种入口即化的口感和咀嚼时的酥脆，再加上腊肠本身的那股咸香味，几乎让她陶醉，这是时间的味道，也是爱的味道。

三天后，春节终于到了。除夕的夜晚永远是最喜庆最热闹的，随着爆竹声和烟花声的骤然响起，除夕的夜空美丽异常。而在除夕夜空下的屋内，则呈现出一片温馨而又欢快的画面。一阵祝福声和欢乐的干杯声过后，爷爷奶奶和他的三个儿子和儿媳以及我们这四个孙子便开始享用着今晚丰盛的年夜饭。今天的年夜饭是我和母亲两人共同完成的。三鲜是今天年饭的主角，是从祁勤民和梁惠夫妇那儿买的，咸鱼是今天年饭的配角，是我母亲从娘家那儿带过来的，除此之外还有从王传林那儿买来的卤干子，从王军朝那儿买的腊肠，都成为今天年夜饭的配角。大家把美味的年夜饭吃在嘴里，把家庭的温暖感受在心底。

　　几个月后，春天到了。天地万物都在复苏，到处都呈现出一片生机勃勃的美丽景象。蜜蜂也开始出来采蜜，来酿造属于它们自己的新生活。此时，罗汉镇的荆花开得最为旺盛，引来了一群又一群前来采摘花蜜的小蜜蜂。而蜜蜂养殖场的老板韩修就牢牢地抓住了这个商机，遵循大自然的法则来培育出让他挣大钱的法宝——荆花蜜。

　　韩修虽然很年轻，他今年只有二十九岁，但已是罗汉镇一家私人小型蜂蜜养殖场的老板。他的父亲是一名老中医，在黄陂城区有一家门店，专门为客人从事蜂疗、按摩护理等治疗，生意也还不错。2014 年，韩修当时还只是一名在门店里和他父亲一块为客人们做蜂疗按摩的助手，对于经营蜂场出售蜂蜜这样的行业根本就没有什么兴趣，因为他觉得蜜蜂就是用来让他为病人做蜂疗的，没有什么其他的用途。但是在春暖花开后的某一天，一碗香甜可口的荆花蜜彻底地改变了他对蜜蜂的看法。

那是在 2014 年 3 月的某一天，韩修下午在为病人治完病之后，像往常一样回到了罗汉老家，回家之后他发现餐桌上放着一碗蜂蜜。此时，韩修的妈妈正坐在客厅里看电视，那碗蜂蜜正是她为他准备的。当她看到儿子刚刚从黄陂城区回来之后，便指着餐桌上的蜂蜜对韩修说：

"修修，这一碗蜂蜜是为你准备的，你快喝了它。"

"妈，这蜂蜜是从咱们家蜂箱那里取出来的吗？"

"嗯，是的，这蜂蜜新鲜着呢，快喝了它吧。"

于是，韩修便捧起那一碗蜂蜜喝了起来。当他喝完第一口之后，便发现这次的蜂蜜简直是太好喝了，和他之前从蜂箱那儿喝到的蜂蜜完全不一样。于是他便向母亲问道：

"妈，这蜂蜜好好喝，真的是从咱们蜂箱那儿取来的吗？"

"当然是的，修修。"

而她后面的一句话便让韩修知道了蜂蜜好喝的原因。

"今年春天的荆花开得很旺盛，蜜蜂们采集花蜜采集得很好，所以蜂蜜才会这么好喝。"

听完母亲的话后，韩修的脑海里立即浮现出三个字——荆花蜜。

第二天早上，他带了几瓶母亲为他灌好的荆花蜜回到了黄陂城区，开始了他一天的工作。当他还像往常一样正在为病人治疗的时候，借着这个机会给每一个病人免费喝了一小杯荆花蜜。当病人们喝过第一口之后，纷纷对荆花蜜的味道赞不绝口。

就这样，决定经营私人蜜蜂养殖场出售荆花蜜的想法，在韩修的脑海中渐渐生成。后来，在他个人不断的努力和他父母及亲戚朋友们的支持和帮助下，他终于积攒了足够的资金，在他的老家罗汉镇开了一家小型蜂蜜养殖场，并在罗汉镇和黄陂城区买下了许多门面来出售荆花蜜。如今，他的生意已经做得越来越好，所创办的"韩记荆花蜜"生意已经成为黄陂城区私人销售的，成为黄陂美食中的一大特色。

　　而他家的荆花蜜之所以会那么出名，和荆花蜜本身的那种纯天然的独特味道是分不开的。首先把从韩修家买到的荆花蜜的密封盖打开，就会闻到一股荆花粉本身所散发出的淡淡清香，那是因为蜂蜜里面没有添加任何防腐剂，所以这种天然的味道才会让人轻易地感受到；然后用勺子舀出一小勺蜂蜜，就会看到蜂蜜上有一层气泡和结晶，这个只有纯天然的蜂蜜才会有，因为蜂蜜中含有大量的葡萄糖，葡萄糖含量比例高，蜂蜜就会结晶。除了结晶之外，还能从蜂蜜上隐约看到一丝气体，那是因为蜂蜜中含有蜂蜜分泌出来的活性酶，所以它才会在天稍微热一点的时候产生一丝气体。如果不是纯天然的放心蜂蜜，不可能会同时拥有这两种特性。最后，再把荆花蜜含在嘴里，一股清爽的感觉顿时涌入心头，然后再细细品味，就会完全陶醉于蜂蜜那股清爽甘甜的滋味当中，让人回味无穷，这就是黄陂特产荆花蜜的迷人味道。

　　就在客人们依然沉醉在品尝韩修家荆花蜜滋味的甘甜之余，居住在距离罗汉镇几十公里以外长岭街道的叶建军，正在给他的客人做一道丰盛的午餐。叶建军是镇上一家茶叶店铺的老板，他家的茶叶不仅好喝，而且卖得也便宜。所以镇上的一些居民便经常去他的茶叶店铺里买茶叶，或者在他的店铺里喝茶并且陪他聊聊天。叶建军为人豁达实在，讲话风趣幽默，虽然只有小学文化，却比那些在大学校园里待过一段时间的年轻学子，更懂得在社会上生存的一些人生经验和与人相处之道，在任何场合，他都能和一些普通居民打成一片，他也因此成了长岭整条街上最受欢迎的人物。除此之外，叶建军还有一个十分响亮的外号，叫"叶泡皮"。"泡皮"在黄陂话里的意思是吹牛，因为他在和别人交谈的过程中，总会在不经意间吹捧自己的茶叶如何好喝，就好像他的茶叶能够赛过全世界所有的茶叶似的，所以镇上的居民全都叫他"叶泡皮"。除了爱吹捧自己的茶好喝之外，叶建军还有另外一大爱好，那就是爱在亲朋好友们面前展示自己的厨艺。虽然他爱把他家的茶叶吹捧得神乎其神，但是他的做菜手艺，那确实不是吹捧出来的；凡是尝过他做的菜的人，几乎都对他的厨艺赞不绝口，因此他的亲朋好友们都觉得，在他家吃饭其实是一件很幸福的事；而今天来他家吃饭的客人，是冲着他的拿手好菜虾子鲊。"鲊"在黄陂话中念第三声，但是在普通话中念第四声。

虾子鲊是黄陂区十大名菜之一，起源于黄花涝村地区。据史料记载，虾子鲊的制作工艺大约是在明朝洪武二年（1369）从江西筷子街随传人过籍传至黄陂，距今已有六百多年的历史。其制作技艺经过长时间实践不断创新，具有一定的科学理论依据和较高的文化含量，在黄陂有典型的代表性。而它的制作过程也是相当复杂。二十五天前，叶建军在村里头的某个水塘边捕捞了一大群新鲜透明的河虾，然后把这些透明河虾用清水洗净放在一个木质的脚盆里，淋上少许白酒把虾子"呛哈子"。接下来将虾放到密封的罐子里，撒上一点盐腌制半个多月，半个月后再放入今年新出的早稻米，同时放入少量盐。米和虾子的比例非常重要，最好的比例是三比七，继续腌制。五天后，取出磨子磨细放入锅中，下锅后再放入味精、胡椒、辣椒、姜末、葱末等调料，然后用温火搅拌十分钟。十分钟过后，一道集鲜、香、辣美味于一身的虾子鲊就这样做好了。

然而，叶建军的虾子鲊早在两天前就已经做好了，他现在要做的第一道菜是红烧肉。叶建军做的红烧肉味道十分纯正。他选用的是刚刚在菜市场买到的上等五花肉，接着他往锅里洒上一点点油烧热之后，放入五花肉开大火进行翻炒，然后转中火把肉里边的猪油给煸炒出来，加入八角、桂皮继续翻炒，等油出来之后放入糖块转小火炒至融化，等到猪肉上裹上一层糖色之后，再倒上适量开水没过肉块，放上两勺子甜麦酱给肉上色。甜麦酱是黄陂人做红烧肉时必须用到的调料，这是黄陂红烧肉和其他地方的红烧肉做法不同的一大特色，黄陂人几乎都这样烧肉。三十分钟后，再转中火，加一勺生抽、适量盐，不停地翻炒，使汤汁包裹在每块肉上，最后撒上葱花，这道具有黄陂特色的红烧肉就算做成了。

接下来要做的菜是干烧马齿苋，这道菜也是黄陂的一道特色菜，他所用的马齿苋并非新鲜的马齿苋，而是被晒干了的马齿苋，这样的马齿苋适合做烧肉，做出来的味道和浙江的霉干菜烧肉差不多，但是没有霉干菜那种特有的酸味。马齿苋又名五行草，生长于春夏两季，尤其是在春末夏初之际生长得最为旺盛。新鲜的马齿苋适合凉拌和清炒，清炒的时候需要放上辣椒和蒜瓣，凉拌的时候需要先煮至断生然后再淋上辣子、香油、生抽、蒜等调料，吃在嘴里会有一股淡淡的酸味，吃起来十分爽口。但是，晒干之后的马齿苋则去除了本身那股特有的酸味。马齿苋烧肉这道菜最重要的是把握火候，只需稍微把握一下火候就能做得美味无比。而它的做法并不复杂。首先，叶建军把剩余的五花肉放入油锅中翻炒，等炒出猪油之后再加入生姜爆香，然后加入老抽将肉拌匀，再放入适量清水，用大火将水烧开之后转小火焖烧至六成熟，再加入干马齿苋，放入盐和尖椒调味，然后盖上锅盖继续焖上几分钟；这个步骤必须注意火候的把控，火太大会把菜烧烂，火太小会让马齿苋吃在嘴里会有一种生硬的感觉，所以必须用中火。待水收干之后，马齿苋的软硬程度刚好合适，这道菜就算完成了。

　　做完两道荤菜之后，叶建军便开始做几道素菜。做菜不仅要讲究味道的鲜美，还需要讲究荤素的搭配，太荤容易油腻不利于身体健康，太素了不能补充营养和身体所需的维生素，而这一点对于叶建军来说自然十分清楚。他要做的第一道素菜就是猪油渣炒白菜。猪油渣是在猪油熬制之后所余下的固体硬块，凡是黄陂村镇里头的居民，都喜欢把这个东西当作零食或是做菜时要用到的辅助材料，但是在黄陂城区和武汉市区的餐馆里头，这样的东西却很难能够登上大雅之堂。首先，叶建军把新鲜的小白菜放入锅中慢慢过油，然后再放入猪油渣与白菜混合，让白菜的香味和猪油渣的酥脆合而为一，最后放上一点点盐，等盐溶化之后这道菜就算完成了。

接下来要做的就是蒸豇豆。豇豆的成熟季节一般是在六七月，而叶建军自己家种的豇豆提前一个月便成熟了，豇豆在我们黄陂话里念"缸豆"，而蒸豇豆更是我们黄陂菜中的一大特色。一个月前，叶建军在和他的一个姚集的朋友交流厨艺心得的过程中，学会了这一道菜。这道名菜在黄陂的姚集镇几乎家喻户晓，也是黄陂十大名菜之一。它的做法十分简单，而且很容易上手。首先叶建军先把洗好的豇豆去掉头尾两部分，掐成寸段，然后加入生抽和香油，再把切好的蒜蓉拌在豇豆里，再撒入米粉拌匀，让每根豇豆都裹上米粉，然后把豇豆放入蒸笼，等蒸到三十分钟后就可以吃了。不过在三十分钟到来之前，叶建军还得把剩下的几道菜做完。当他刚刚把豇豆放入蒸笼里之后，便开始忙着做下一道菜，这道菜的名字叫汽水肉，也是黄陂美食中的一大特色。除了黄陂以外，在武汉市的其他地方几乎都找不着这道菜的踪迹，它是由普通的家常菜演变而来的属于黄陂人自创的一道特色菜肴。这道菜的做法也是蒸，首先叶建军把剁碎的肉末放入碗中，将切好洗净之后的生姜末、葱末和肉末搅拌在一起，然后加入胡椒、盐、生抽、老抽等调料，再加入生粉进行搅拌，加入一勺香麻油并腌制十分钟左右。十分钟后，把腌好的肉末铺在蒸钵里入锅加盖旺火足气蒸制，在打好的蛋液中加入少量清水，等到肉末蒸熟以后再把蛋液倒入蒸熟的肉末中然后继续蒸，等到蛋液蒸熟后，将蒸钵取出，撒上葱末浇上一勺热过的麻油，这道菜就算完成了。在这道菜完成之后，我们可以看见在蒸熟的蛋液上有许多如同气泡般大小的小孔，而这道菜之所以叫汽水肉，可能是人们根据鸡蛋上如气泡般大小的小孔，而联想到喝汽水的时候所看到的那些气泡，所以汽水肉便因此而得名。

做好汽水肉之后，叶建军便开始做下一道菜——辣椒饼。不过，黄陂人可不管这道菜叫辣椒饼，他们管这道菜叫"大椒巴"，"大椒"在黄陂话中的意思是辣椒，"巴"的意思就是指像面饼之类的那些东西。这道菜也是黄陂农村和乡镇独有的一道家常菜，在武汉市的餐桌上也是看不到的。辣椒饼的制作过程虽然简单，但需要熟练的煎炸技巧和火候的把控。首先，叶建军把切好的辣椒放在一边，然后，准备一个瓷碗，在碗里放入淀粉和水搅成面糊，再把切好的辣椒放入面糊，加上盐和鸡精调味，再加入一勺食用油拌匀；拌匀之后把锅烧热，再把辣椒饼的面糊沿着锅边缓缓倒入，形成圆状，把火调成中火，煎至一定程度之后转小火，等到圆饼的一面煎熟之后再把饼翻过来煎另一面，等到把另外一面也煎熟之后这道菜便做好了。

叶建军最后要做的一道菜是香椿拌豆腐。豆腐选用的是我们黄陂区本地特产的柴火豆腐，所谓柴火豆腐便是用木材烧的火做出来的豆腐，吃的时候嘴里会有一股淡淡的柴火味道。细细品尝这种柴火味道，就会转换成一股甘甜的滋味，让人回味无穷，是我们黄陂地区豆腐做法的一种独有的工艺。

香椿是中国本土特有的一种植物，分布于长江南北广泛地区。今天一大早，叶建军就背着一大箩筐到镇上的山区去采摘了一些香椿回来，准备为今天的客人做上一道开胃的小菜。他先把香椿切成碎末，然后把柴火豆腐放在清水里稍微煮一下，煮熟之后再用竹菜刀将豆腐切成小丁，之所以要用竹菜刀，是为了不让豆腐沾上一般金属菜刀的异味，从而影响豆腐的口感，接着把香椿洗净切碎倒在切好的豆腐上，再把准备好的辣子油、蒜末、葱末、生抽、香油淋上去拌匀，一道开胃小菜香椿拌豆腐就这样做好了。之后，叶建军和他的妻子小余把做好的午饭全都端上餐桌。

此时餐桌上已经围满了特意过来品尝叶建军手艺的客人，而虾子鲊则是今天午餐的主角，不过在品尝他的虾子鲊之前，客人们更愿意先品尝一下他的香椿拌豆腐来开胃。香椿本身就有一股特别的清香味，加上柴火豆腐口感的滑嫩与品尝后的甘甜，伴随着调料所带来的美妙味觉，使得客人们个个都感到胃口大开。用甜麦酱烧的红烧肉肥而不腻，吃在嘴里入口即化，品味着甜麦酱融进肉中所带来的甘甜口感，让人回味无穷，享受着味觉的盛宴。干马齿苋带走了肥肉的油腻，把它自身的味道融进肉的味道中去，红烧肉的酥软口感搭配着干马齿苋的味道和嚼劲让人变得越发有食欲，再吃上一盘小白菜炒猪油渣，这种荤素搭配的滋味就是美妙。蒸豇豆既鲜美又甘甜，那种蒸出来的鲜嫩软糯口感让人不由得想尝第二遍。汽水肉吃在嘴里时的那种肉与蛋相结合的咸香滋味，更是让人陶醉其中。等到米饭上来之后，客人们终于开始品尝叶建军的招牌菜虾子鲊，用勺子舀上一小勺虾子鲊拌在饭里，搭配着米饭那带有嚼劲的口感和虾子鲊中鲜虾所散发出来的鲜香，无比的美味使客人们顿时个个都感到好像是进入美食的天堂之中。叶建军的手艺就是这样的出色。在今天的午餐当中，有位朋友劝他改行做厨师，但是叶建军没有采纳那位客人的建议。他对那位客人说:"我这个人其实不会做什么厨师,做菜只是我的业余爱好,和朋友们分享美食那是一种幸福,给别人带来快乐才是最重要的。"说罢,他拿起手上黄陂地区特产的美酒木兰玉液,对餐桌上的每一位他所请到的客人说道:"来,我们一起干一杯!"一杯酒下肚之后,叶建军和他的朋友们便享受着这一欢乐的时刻,享受着自己用美食给他的朋友们所带来的幸福、甜蜜和温馨。

又过了差不多一个月的时间,2016 年的夏天终于到了。夏天的风吹在人的脸上,犹如天使的手轻轻抚摸着人的脸庞,让人觉得特别清凉和舒服。中午的时候无论走到哪里都能听到"知了、知了"的声音,太阳炙烤着大地,但是人们依然十分享受着夏天到来时那种愉快的感觉,吃着美味的冰淇淋,在泳池里畅快地游泳,开着空调在房间里愉快地看着电视,在沙滩上享受着阳光的沐浴,喝上一杯冰爽可口的椰子汁,就会让人陶醉在炎炎夏日到来时的欢乐与愉悦之中。

然而在我们武汉市黄陂区,人们更愿意在舌尖上享受夏日到来时的欢乐和愉悦。住在黄陂区六指街道的方湾,郑承明和邓华夫妇很早就起床了,他们正在他们所经营的郑记早餐铺子里头,忙着做着为客人们准备的早点——豆丝、小笼包和掺汤。在做豆丝、小笼包和掺汤之前,邓华已经给即将买他们家早点的客人,准备了一大锅加入冰块的冰镇绿豆汤。豆丝和黄陂三鲜还有糍粑并列为黄陂三大传统小吃,也是长江中下游区域农家传统食品。郑承明夫妇做的豆丝是用纯天然野生葛粉、精米、黄豆、优质面粉、植物油等以传统手工工艺制作而成。豆丝在黄陂话中叫作"豆遮"，它的吃法有三种，第一种是炒豆丝，第二种是煎豆丝，第三种是煮豆丝。第一种和第三种的吃法一般出现在春季和秋季。在春季黄陂人把新鲜的豆丝放在热锅里爆炒，然后加上小白菜、尖椒、盐，再淋上生抽便成就了一道美味的食物。在冬季，由于天气寒冷，人们只愿意待在家里自己开火，由于豆丝放干之后的存放时间很长，所以它便成为黄陂人过冬时所依赖的基本口粮。只要把干豆丝放入滚烫的热水中煮一煮，再放入生姜、小白菜、盐、胡椒、鸡精，之后炖上个十来分钟，待锅里的豆丝变成黏稠状的时候就可以吃了。炖煮出来的豆丝不仅味道鲜美，而且热量充足，正好适合在冬日里暖胃，有利于胃部保养，是一道对人的身体健康很有帮助的菜。而郑承明夫妇要做的豆丝则是黄陂人在过早时经常见到的煎豆丝。煎豆丝的做法不同于炒豆丝和煮豆丝，首先它所用到的豆丝食材就和其他两种的做法不一样。炒豆丝和煮豆丝所用到的是被切成面条一样形状的豆丝，而煎豆丝所用到的豆丝则不需要切成面条形状，它的形状就如同一张摊开的豆皮。到了早上7点30分左右的时候，郑承明便把豆丝在煎锅里摊开，再在豆丝里撒上一点黄陂区最出名的腌菜雪里蕻，等到豆丝的底面煎熟之后再把豆丝中央的雪里蕻包进去，最后再翻面把豆丝的包口给封好，一道美味无比的煎豆丝就这样做好了。

当客人们开始吃的时候，那种酥脆的口感让人食欲大开，再尝尝包在豆丝里头的雪里蕻，那种酥脆的口感和腌菜的咸香所交织在一起的美味实在让人无法抗拒，再喝上一口冰镇的绿豆汤化解豆丝本身的油腻，赶走了炎炎夏日给人带来的燥热，使人的心情感到无比的舒畅和惬意。雪里蕻是黄陂人的餐桌上必不可少的一种美味的腌菜，它的原材料是生长在中国北方和南方的一种草本植物雪里蕻，在北方地区它又被称为雪菜，属于芥菜类蔬菜当中的一个变种。雪里蕻当中富含二点八千克的蛋白质和一点六克的维生素，具有解毒消肿、开胃消食、温中利气、治疗便秘的作用，对人体非常有益。雪里蕻的烹饪方式有很多种，而在我们武汉市黄陂区最常见的一种烹饪方式就是腌制。

在一个月前，郑承明的妻子邓华将她自家种植的雪里蕻摘去烂叶，然后洗净，晾至半干时，用盐加几十粒花椒揉搓均匀，放在瓷盆中加盖，放上一个月后，美味可口、咸香鲜美的雪里蕻腌菜就这样做好了。

一个星期后，在武汉市区吃腻了高档餐厅里头油腻大荤，受惯了市中心汽笛喧嚣的市民肖俊，带着他的几个科室里头的老同事，特地驱车来到黄陂区祁家湾街道，来感受一下在市区里吃不到的黄陂风味。肖俊是居住在武汉市区的一位普通市民，在长江日报财务部工作。一个星期前在单位某位黄陂籍同事的介绍之下，他带着所在部门的一些其他同事，来到了黄陂区祁家湾街道处的一家专门做红烧甲鱼和煨鸡汤的小餐馆，来品尝一下传说中的黄陂风味。

小餐馆的名字叫黄记鸡汤，以做鸡汤为主，除了鸡汤好喝之外，他们家的红烧甲鱼也做得十分地道。黄记鸡汤的老板名叫黄小明，他的妻子姓余，小名叫四妹，他们家有个女儿名叫黄白雪，去年随她丈夫一起在武汉市定居。黄小明是一名非常专业的厨师,早年曾在一家餐馆打工,并且无意间学会了餐馆老板的这门煨鸡汤的手艺,学会了这门手艺之后,他便自立门户,用打工挣来的钱开了这家黄记鸡汤餐馆。就在他家餐馆开张后的第三天,有很多居住在街道口的居民很快就吃中了他们家的这道菜,久而久之黄记鸡汤便因此出了名,而红烧甲鱼则是他从他妻子四妹娘家那儿学到的一门手艺。当肖俊开车来到了黄记鸡汤餐馆之后,便带着他的同事们一同朝餐馆门口走了进去,餐馆的老板黄小明便热情地走上前去迎接肖俊他们的到来。

"请问你们是几位呀?"

黄小明很有礼貌地问道。

肖俊则回答说:

"我们总共六位,是我们当中一位黄陂区的同事推荐我们到你们这儿来的。"

听完这话后,黄小明毫不谦虚地拿出他作为餐馆老板应该具备的推荐菜品的手段,来吹捧自己餐馆的菜做得如何。

"呀,那你们可就来对地方了,你们的那位同事可真有眼光。我们这儿的鸡呀,是本地产的新鲜土鸡,宰杀之后立即放血,做出来的味道那简直是新鲜得很,镇上的居民都知道我们餐馆的口碑;我们这儿的甲鱼做得也很地道,保证你们吃了之后还想吃,我们在武汉市内还开了几家分店呢!"

站在肖俊身旁的女同事张双则没有听进老板的介绍,她的性格比较直率,凡是那些被吹捧得如何好吃的菜,她要先尝上一口才能确定这道菜好不好吃。

"老板，我们还是先点菜吧，等我们先吃过之后再来评价。"

肖俊接着张双的话对老板说道：

"是呀，老板，还是先带我们去点菜吧。"

肖俊说完，便带着他的几个同事随餐馆老板黄小明一起到厨房内点菜。点过菜之后，肖俊和他的同事们便在餐馆内的一间包房里坐了下来一块儿聊着天，等着餐厅里的服务员把做好的饭菜送进来。

"小常把我们介绍到这儿来，想必这家餐馆做的菜肯定好吃。"

坐在肖俊身边的科长王玮玉说道。王玮玉是财务科科长，她待人和蔼真诚，而且善解人意，十分通情达理。小常是去年通过自己的努力进入长江日报社工作的一名高材生，他毕业于中南财经政法大学，虽然他读的是会计专业，但是他并不喜欢会计，他真正热爱的是文学。在大学时，小常经常和同学们组织有关文学的活动，并担任过文学社的社长，在校园内发表过很多作品，而他之所以会选择会计专业那完全是因为他父母的意愿，因为小常的父母觉得读会计专业有利于将来在社会上找工作，于是硬是逼着他选择了会计。大学毕业之后，小常很快就进了一家私人单位工作，由于他对文学十分执着与热爱，而且并没有想过在会计方面会有所发展，所以他在单位里头所从事的工作，一般都是与会计无关的文字工作，久而久之，他便把在校园里所学到的会计知识忘得一干二净。

2015年，小常通过自己的努力进入长江日报报业集团有限公司工作，希望有机会能够接触到报社从事文字工作的编辑，但是因为受会计专业的影响，他也只能进入财务部工作。在工作期间，小常因为表现得很好，很快便和公司签订了一份工作合同，然而最让他感到苦恼的是，因为以前长期从事文字工作，对于会计方面的知识几乎到了一窍不通的地步，所以对于工作上的事，他几乎完全不懂。不过幸运的是，小常遇上了王玮玉这样一个对他耐心又认真的领导，她没有因为工作上的事而责怪小常的无能，而是动员张双、肖俊、曾琢等老同事对小常在会计方面的知识进行全面的灌输与辅导。一年之后凭借那一学就会的聪明才智，现在的他几乎能够独立操作会计方面的工作。因此对于王玮玉科长，小常对她一直怀有一份感恩的心，想找机会来报答这位对他有知遇之恩的领导。

"这家餐馆的老板对于他的菜好像还有几分自信，我想他们家的菜应该不错！"

肖俊这样说道。等到肖俊说完之后，坐在他对面座位上的曾琢说话了：

"小常把我们介绍到这儿来吃饭，他自己怎么不来呢？"

"可能是因为他今天有事不能过来陪我们吧？"

坐在曾琢旁边的杨斌这样说道。而坐在杨斌身旁右手边的女同事杨飞也说话了：

"不如这样吧，我们打电话给他，要他有时间的话就过来陪我们一起吃个饭。"

"嗯，这个主意好。"

肖俊说完，便立马拨通了小常的电话。电话拨通之后，肖俊对电话那一头的小常说道：

"小常，我们现在已经到了你介绍的餐厅，你现在有时间吗？有时间的话就一起过来吃午饭。"

电话那一头的小常则委婉地拒绝道：

"不用了，肖总，我和我女朋友早就吃过了，我们现在正在电影院看电影。"

"哦，这样呀！那太遗憾了，那我祝你们玩得愉快！"

"谢谢啦，肖总，祝你们吃得开心，黄老板的菜做得很不错的！"

说完，两人便同时挂了电话。之后，肖俊对坐在餐桌上的每一位同事笑着说道：

"小常来不了了，他正在陪他女朋友看电影，呵呵，这小子艳福不浅呀。去年我看过他女朋友的照片，他女朋友长得水灵灵的可好看了，我本来打算给他介绍对象的，想不到他早就谈了朋友，不知道现在结婚了没。"

听完肖俊的话后，杨斌便笑了：

"肯定没结婚撒，你刚才不是说他是陪他女朋友在看电影，没有说他和他老婆在看电影，这一听不就明白他有没有结婚吗？"

"嗯，说的也是呀！"

肖俊说完，非常不好意思地用手挠了一下自己的头。这个时候，科长王玮玉说话了：

"这小伙子真不错，既聪明又好学，去年来这儿的时候什么都不懂，可是现在却进步得那么快，已经能完全胜任工作上的事。而且他写的文章也特别好，又有文采，又有深度，将来肯定是个有所作为的人物。"

张双这时候接着王科长的话说：

"他喜欢在微信上给我发一些他写的文章，我也觉得他在写作上很有天赋。"

"是呀，没错。"

曾琢说道。说完之后，她停顿了一会儿然后继续说：

"可我想不通的就是他为什么会选择在我们财务部工作呢，我觉得在编辑部工作更适合他。"

"是呀，我也是这样觉得。如果他要是到编辑部工作肯定会如鱼得水，施展他的个人才能。虽然我没有看过他的作品，但听你们这么一说我觉得他确实在这方面是有所造诣的。"

杨飞也说道：

"可能是他在大学时期选择了会计专业，所以找工作也只能够找这样的工作吧。"

王玮玉又接着说：

"去年我找他谈心的时候，他说他其实一点也不喜欢会计，他爱好的是文学，因为读大学的时候他父母逼着他选择了会计，所以找工作也只能找和会计有关的工作，来我们这里真是太委屈他了。"

听完王玮玉的话后，肖俊感叹了一句：

"唉，人生有的时候就是这样事与愿违，做自己不愿意做的事，这样确实很痛苦。"

当肖俊刚刚说完这句话之后，餐馆的五名服务员便把做好的菜全都端了上来；端上来的菜有老板家的招牌菜煨鸡汤、红烧甲鱼，除此之外还有猪血蒸白萝卜、小鱼小虾、炒苋菜、红烧鳝鱼、炒什锦、干萝卜烧肉、糖蒸肉，一共九个菜，另外再加上一碗还没有端上来的主食锅巴粥。

当所有的菜全都上桌后，肖俊和张双便迫不及待地想尝尝老板家的两道招牌菜滋味到底如何。不过在开饭之前，他们俩得先经过王科长的同意：

"王科长，现在菜都上齐了，我们现在开始吃吧？"

肖俊对王科长这样说道。而王科长则很爽快地答应了肖俊的请求：

"好吧，大家开始用餐。"

于是，坐在餐桌上的所有人便全都一块儿动起了筷子。张双在她的碗中舀了一小勺鸡汤，品尝了一口，那种分散在汤汁内毫不油腻的清爽滋味顿时让她回味无穷，再吃上一口鲜嫩爽口的鸡肉，简直能够让她沉醉在美食的惬意之中。坐在张双身旁的同事杨飞和曾琢也正在品尝着鸡汤进入嘴中时的美味，不一会儿，她们发现鸡汤当中还有一股淡淡的中草药味道，除了中草药的味道之外，在她们的舌头上还有一种麻麻的感觉；她们立马便感觉到这应该就是花椒的滋味。

"看来他们家煨的鸡汤真的不是吹出来的。"

性格直率的张双很快便说出了这样一句话。黄小明的鸡汤之所以会那么好喝，这和他们家制作鸡汤的独特手法是分不开的。先把鸡宰杀洗净，去掉头、脚，斩成四厘米宽、五厘米长的块，保持鸡腿与鸡翅的完整。往炒锅倒入适量的油，放入生姜，再把切好洗净的鸡肉炒熟，把鸡肉炒成金黄色，加料酒去腥，装入瓦罐，再将炒好的鸡肉也放进去，然后放入乌梅、山楂、枸杞、茯苓、当归、山药，注入清水大火烧开后，改小火煨制三小时左右。当鸡汤快要煨制成功时，在里头放上一点花椒来增加一些刺激点的口感，为后来的调味做准备。等到鸡汤完全煨好之后，再放入盐和胡椒进行调味，最后再撒上一点葱花，一道鲜香可口美味的黄记鸡汤就这样做好了。黄小明的鸡汤采用了一点广东人煲汤的做法，在里面放入一点乌梅和山楂，这是为了让鸡肉变得鲜嫩，并且去除异味，能够增加汤的鲜味并化解鸡汤内的油腻，放入枸杞、茯苓和当归有利于加强鸡汤本身的营养，有利于滋补，而山药的作用则是吸收汤汁的油腻，它的粉嫩口感更能搭配鸡肉的鲜嫩；奶白色的汤汁，鸡肉的鲜嫩，山药的粉嫩，胡椒和花椒的麻辣，造就了黄小明家鸡汤集色、香、味于一体的美味，使得他们家的煨汤生意获得了很大的成功。尝过了鸡汤的美味之后，张双便迫不及待地率先开始品尝第二道菜，那就是红烧甲鱼。她把一块红烧甲鱼的肉用筷子放在嘴里咀嚼之后，很快就像个美食家似的对这道菜做出了一番评价：

"这个红烧甲鱼吃起来油而不腻，而且肉中带有一点酱香和蒜香的滋味，吃在嘴里立马就化了。"

说完之后，她对其他在座的同事说：

"你们都尝尝吧，真的很好吃！"

听完张双的话后，肖俊等人便立马动起了筷子，品尝一番之后，他们也都对甲鱼的味道赞不绝口。科长王玮玉吃过之后，对肖俊说：

"肖俊，你今天请我们吃这么好吃的东西，真是太感谢你了。"

而肖俊则笑着对王科长说：

"王科长，你不应该谢谢我，你应该去谢谢小常，是他给我们介绍了一个这么好吃的地方。"

红烧甲鱼虽然不属于黄陂区的地方菜，但是黄陂人却以他们对于味觉的敏感和研究，并且发挥他们的聪明才智将这道菜的做法和味道加以改良，使这道从福建地区传过来的菜，也成了符合黄陂人口味的一道地方美食。黄小明家的红烧甲鱼是从他妻子那儿学来的。先把甲鱼宰杀之后去头，用滚烫的热水浇在甲鱼的龟壳上，然后去掉龟壳上的一层外皮。之后再将甲鱼剖开去除内脏，洗净切块。把锅中的油烧热，将切好的甲鱼肉放入锅中炒熟后捞出。再在留有底油的锅中放入葱片、姜片、米椒炒香，放入八角、桂皮、茴香等佐料，再放入炒熟的甲鱼肉，加一点料酒继续翻炒。等到放入没有切过的蒜瓣之后，倒入开水没过甲鱼，放入生抽、老抽进行上色，加上糖之后盖上锅盖炖煮半小时左右。半小时之后，再放入盐进行调味，使汤汁收干变得浓稠，最后再撒上葱花，这道具有酱香口味的红烧甲鱼就这样做好了。而黄小明家的红烧甲鱼则烧出了甲鱼味道的鲜美，入口即化的口感，搭配着出锅之后蒜瓣的软糯，加上与糖结合在一起的酱香滋味，让人情不自禁地陶醉在享受味道的惬意之中。

除了煨鸡汤和红烧甲鱼之外，餐桌上的红烧鳝鱼和糖蒸肉也非常受欢迎。喜欢吃重口味美食的肖俊对这两道菜的喜爱程度自然不在话下，只见他夹了一筷子鳝鱼放在嘴里咀嚼了一番之后，又用勺子舀了一口糖蒸肉放入口中，尽情地享受着鳝鱼肉在他嘴里的那股嚼劲和糖蒸肉那种入口即化的甜蜜口感。红烧鳝鱼的做法和红烧甲鱼有点相似，不过鳝鱼的肉质和甲鱼的肉质有些不同，红烧鳝鱼的肉质讲究的是有嚼劲，红烧甲鱼的肉质讲究的是鲜美滑嫩，关键在于火候。首先将宰杀洗净后的鳝鱼洗去血水之后沥干放进汤锅，倒入一壶开水淹没鳝鱼，然后盖上锅盖，焖两分钟后开盖，用筷子搅拌几下使鳝鱼身上的黏液脱落。加入凉水洗净黏液，再在水龙头下冲洗干净。剪去鳝鱼尾端，将鳝鱼剪成段备用，在油锅内倒入适量油，放入姜片、蒜瓣、尖椒爆香，倒入鳝鱼段翻炒，再倒入料酒去腥，倒入老抽翻炒。翻炒几下后立马倒入开水没过鳝鱼肉，加入盐糖和生抽提鲜。大火烧开后立马转中火慢慢烧，烧到一定程度之后转小火。炖煮时间不宜过长，因为时间过长会使鳝鱼肉变软，从而失去它特有的嚼劲。等到肉汁收干之后，撒上黑胡椒粉和葱花，这道菜就完成了。这样烧出来的鳝鱼肉不仅有嚼劲，而且味道鲜美无比。伴随着葱姜蒜味道的进入，再加上鳝鱼肉本身的嚼劲和鲜味，使得喜欢吃重口味的人们一下子就能够爱上这种味道。红烧鳝鱼这道菜在黄陂城区的大众餐馆最为出名，二十多年前黄小明在大众餐馆打工的时候学成了这门手艺，2013 年他便把这门手艺带到了这里。看着肖俊吃得那么津津有味，张双也忍不住夹了一块鳝鱼放在嘴里品尝了起来。鳝鱼的香嫩和嚼劲此时正挑逗着张双的味蕾，让她对于美食所带来的诱惑几乎抵挡不住，不经意间又夹了几块放在她碗里，十分享受地品尝着这道菜所带来的味觉魔力。除了肖俊爱吃糖蒸肉之外，杨斌也对这道菜情有独钟，只见他一勺又一勺贪婪地向他碗里舀这道菜，好像要和肖俊争抢似的。

　　糖蒸肉是黄陂区乡村地区出产的一道特色美食，这道菜在武汉市是吃不到的。它是黄陂区的一位普通村民，根据"沔阳三蒸"之一的粉蒸肉改良和创作出来的，据说诞生于民国时期。每逢年节喜庆饮宴，居住在农村地区的黄陂人就会用这道菜来招待客人，象征着甜蜜美满、喜庆祥瑞之意。而黄小明家的糖蒸肉则是他从他外祖母老家那儿学会的。做糖蒸肉必须用到籼米粉和红糖。首先将猪肉洗净，切成六厘米长、一点五厘米宽的长块盛入碗中。籼米粉入锅蒸熟备用。在猪肉内加少许硝水、酱油、黄酒、胡椒粉、糖桂花、葱花、姜末、红糖一百克、熟大米粉，一起拌匀腌渍。取红糖五十克、清水五十毫升放入另一个碗内融化成糖水。将肉块整齐地码入碗内，上笼用旺火蒸一小时后出笼，再将肉周围拨松，浇入溶化的红糖水继续蒸一小时，待肉熟透时出笼，翻扣入盘，这道菜就做成功了。糖蒸肉的味道最突出的并不是肉，而是蒸熟后的籼粉。蒸熟后的籼粉既融合了猪肉的鲜美味道，又去除了猪肉本身的腥味和油腻，汲取了猪肉的精华，再加上它又融合了浇在它表面上的红糖水的甜味，造就了吃在嘴中那种入口即化、不油腻而又带有肉香的清爽甘甜的口感，让人回味无穷。

　　相对于像肖俊那样爱吃重口味的男同志来说，科长王玮玉则比较喜欢吃清淡一点的美食。餐桌上的炒什锦和炒苋菜这两道青菜就是她点的。所谓炒什锦就是把夏季出产的荷花管、菱角、莲子米、藕丁混合在一起炒的一道菜。这道菜原本属于一道家常菜，在炎热的夏季，在烈日暴晒下做着一些辛苦工作的黄陂农民除了在工作之后回到家中尝上一口冰镇过的绿豆汤解暑之外，还希望能够吃上一道清淡口味的开胃小菜。于是有人便想到了用夏季出产的荷花管、菱角、莲藕、莲子米混合在一起，炒成一道既开胃又口味清淡的什锦小菜。久而久之，这道菜很快便出了名，出名之后就自然而然地出现在黄陂餐馆的餐桌上。炒什锦做起来很简单，首先把莲子米、藕丁、菱角、荷管洗净去皮，将藕丁和菱角、荷管放入盐水中焯烫，水开后下入莲子米，然后把它们一起取出过凉水。将锅烧热倒入适量的油，将焯过水的莲子米、藕丁、菱角、荷管一起翻炒，炒一会儿之后倒入准备好的盐、糖、白醋，转小火之后慢慢翻炒，等到入味之后再把它装盘，这道菜就成功了。

　　炒苋菜那更是简单得不得了，只需把苋菜过油，然后放入切碎的蒜瓣，倒入一点水加入盐调味，等到把苋菜中的汁水变红之后就成功了。苋菜是生长在春夏季节的时令蔬菜，和荤菜一起吃具有化解油腻的作用。王科长夹了一口苋菜连同蒜瓣放入嘴里咀嚼了一会儿之后，嘴里立马就感到一股蒜香和苋菜的鲜香互相交织的滋味，再吃上一口酸爽的炒什锦，荷管香和菱角、藕片、莲子米的清爽味道及那种滑嫩的口感与嚼劲顿时让她嘴里感觉一阵清爽，再品尝一下那淡淡的醋酸味道，一股酸溜溜的滋味立马涌上心头，那种享受实在是惬意。

　　分别坐在王科长左右两边的曾琢和杨飞，则爱上了餐桌上的另外两道菜——猪血蒸白萝卜和干萝卜烧肉。黄小明家的猪血是纯天然的，没有添加任何防腐剂，正宗而又纯正的猪血表面都有很多大小不一的孔洞，那是因为猪血在进行凝固之前与空气接触，残留在猪血内部的空气变成气泡后占据了凝固后猪血内部一定的空间。如果是添加了一些特殊物质的猪血表面则会非常光滑，就算把猪血掰开看看，它掰开后的内部也只会有一小部分孔洞，这样的猪血就不是正宗而又纯正的猪血。猪血蒸白萝卜是黄陂区乡村地区的一道家常菜。首先把洗净的猪血切成块，然后把切成块状的猪血放入锅中炒熟，消除猪血内的细菌和有害毒素，再将炒熟后的猪血捞出。在热锅中放入切成片状的白萝卜，把白萝卜炒熟变软后捞出。再将炒熟后的猪血和白萝卜放入砂锅中加入五十毫升左右的水，然后炖煮十分钟左右出锅放入盐、胡椒、味精调味，搅拌之后撒上一点葱花，这道菜便成功了。

　　杨飞和曾琢两人分别尝上一块猪血，那种入口即化的爽嫩口感使人的胃口变得大开，再搭配白萝卜所特有的鲜嫩口感和清爽甘甜，使得这道菜吃起来十分爽口。猪血能够将人吸进喉咙中的粉尘吸收然后排出体外，白萝卜中含有人体所需的各种维生素，具有很高的营养价值，两者搭配在一起便成为既美味又对人体有益的一道好菜。干萝卜烧肉选用晒干后的白萝卜和新鲜的五花肉。首先把干萝卜用温水泡开，将泡开后的干萝卜切成小段。把五花肉过水断生，断生之后将其切成小块。把五花肉煸炒出香味后，放入蒜瓣和干辣椒、生姜继续煸炒，加入老抽进行上色之后再倒入高汤。然后烧开放上一点糖进行提鲜，等高汤煮开之后再转小火煲上三十分钟，接着立马倒入切好的干萝卜加盐，加老抽一起煲制十五分钟，十五分钟之后这道菜就做成功了。

干萝卜化解了五花肉中肥肉的油腻，并且吸收了肉汤的香味，而五花肉综合了干萝卜的美味去除了肉的腥味，二者之间配合得十分默契，而这种默契则正好造就了这道菜的美味。曾琢夹上一块五花肉和干萝卜放入嘴里咀嚼了一番之后，便感受到干萝卜的那种入口即化的口感和五花肉肥而不腻的滋味。干萝卜吃在嘴里有一种淡淡的肉香，五花肉的肥而不腻使得干萝卜本身的滋味更加的浓郁，简直是一次舌尖上的特别享受。江南地区盛产小鱼和小虾，黄陂区也不例外，尝遍肉香和菜香之后，再尝上一点小鱼小虾的滋味，也会让人感到别有一番滋味。小虾选自新鲜的河虾，小鱼选自从河中打捞上来的细刁子鱼，虾子和鱼的钙质比较多，对人体很有好处。把虾子和刁子鱼洗净之后放入油锅中炒至断生，然后转中火放入姜丝和韭菜爆香，加糖、生抽、蚝油、盐翻炒入味，这道菜就成功了。

喝过美味的鸡汤，吃过醇正的肉，尝过蔬菜的清爽之后，坐在餐桌上的肖俊等人全都迫不及待地用勺子舀上一点小鱼小虾放在嘴里咀嚼着，品尝餐桌上这道特殊滋味。炒过之后的虾和鱼带给人们鲜嫩爽滑的口感，鱼的香味与虾的香味互相结合，让人感受到来自湖底的美味。鱼的鲜美搭配虾子壳的酥脆口感，再加上韭菜的嚼劲和蚝油的鲜美与甘甜，使得餐桌上的这些来自长江日报的食客尽情地享受着河底美味所带来的魔力。过了一会儿之后，餐桌上的菜都被吃得差不多时，肖俊想到了他之前让服务员餐后上的锅巴稀饭。于是他便催促老板快点把锅巴稀饭端上来。

不一会儿，有位男性服务员把一大碗锅巴稀饭端了上来。科长王玮玉细心地观看那位男性服务员，忽然之间她愣住了，几秒钟之后，在座的肖俊、张双等其他几位客人也全都愣住了。

"咦，这个服务员不就是小常吗？"

王科长惊讶地说道。当她再仔细一看原来还真是小常。

"小常，你怎么在这里呀！你刚刚不是跟我说你和你女朋友去电影院看电影了吗？"

肖俊用普通话说道。小常在单位通常是用普通话说话，久而久之，同事跟他说话也开始用普通话了。小常便笑着说：

"王科长、肖总、杨总、张双、曾琢、杨飞，大家好，其实我很早就想请大家吃一顿饭了，只是害怕你们不肯让我为你们花钱，所以我就请肖总把你们介绍到这儿来，感谢你们这一年来对我工作上的照顾，所以今天特意用这种方式请你们来吃顿饭，实不相瞒，今天的菜全都是我做的。"

听完小常的话后，张双惊讶地说：

"你说这些菜都是你做的？"

"嗯，没错，除了汤和甲鱼是老板做的之外，其他的菜全都是我做的。"

说完，小常拿起餐桌上的一个方便杯，倒上一点冰啤酒之后对他的同事们说：

"来，我敬各位一杯！"

说完他便喝完了杯子里的酒，而他的同事们也跟着他一块儿喝起了酒。就在同事们都感到一头雾水的时候，老板黄小明忽然间从门外走了进来，向小常的同事解释道：

"是这样的，我跟你们小常是邻居，小常就住在我家楼上，在一个星期前他就和我商量着，请你们一起到我的餐馆里吃饭，而且今天他还特意要求要亲自动手做菜给你们吃，并且帮你们把今天的餐费给付了，所以这一顿呀，你们不用给钱了。"

"这怎么好意思呢？"

肖俊说完情绪激动地从钱包里掏出两百块钱递给黄小明，然后接着说：

"老板，你把钱退给小常，钱还是我们来付。"

小常则用手拦住了肖俊说道：

"肖总，你不用客气了，这顿饭算我的，我很早就想请你们了，请满足我的这个心愿吧！"

"哦，好吧！"

肖俊说完，便把他的钱给收了回去。正在这时，王科长对小常说道：

"小常，你还是坐下吧。"

说完她让张双搬了一个凳子在她旁边。

"是，王科长。"

小常说完，便在他的上司王科长身边坐了下来。等他坐下来之后，王科长突然间拿了一张纸巾给他擦汗，并说道：

"小常，你炒那么多菜一定累了吧，我替你擦擦汗。"

而小常也并没有拒绝王科长，他满怀感激地对王科长说：

"谢谢！"

这个时候，曾琢说话了：

"小常，你炒的几个菜真不错，尤其是那个烧鳝鱼，我都吃好几遍了。"

小常便笑着对曾琢说：

"这道菜是跟黄老板学的，我大学读书回来放假的时候就跟黄老板在店里学厨。"

这个时候，张双也说话了：

"小常，想不到你还有这么一手呀！"

说罢，她添了一碗锅巴稀饭递给了小常，说道：

"炒这么多菜你一定饿了吧，来，吃一碗锅巴稀饭吧。"

小常接过锅巴稀饭向张双说了声谢谢，这时候王科长忽然举着酒杯对她科室里的所有员工说：

"来，我们敬小常一杯，感谢他今天请我们吃了这么好吃的东西。"

说完，在座的除小常之外的所有人都听从王科长的命令，全都举起手上的酒杯齐声说道：

"小常，感谢你今天亲自下厨为我们做菜，来，我们干一杯！"

"谢谢，谢谢，这是应该的。"

说完，大家全都沉浸在一片欢声和笑语之中，同事们之间的友情，上级领导对下级员工如同兄弟姐妹般的关爱，在这一酒宴上尽情地流露。这个时候，黄小明老板一声不响地走出了门外，不忍心打扰这一温馨场面。

2016年的秋天很快就到了，结束了夏季的炎热和酷暑之后，知了立即停止了鸣叫，树上的黄叶开始纷纷落下。农民们也在这一时刻赶上他们今年的丰收。今年的藕长势很好，成熟之后的老藕很适合煨汤。黄陂人既会种藕又会吃藕，最常见的吃藕方法就是煨汤。今年的深秋更是到了煨汤的好季节。爷爷在菜市场买了六斤藕回到家中，奶奶在家里已经准备好了今天要用来煨汤的排骨和瓦罐。奶奶家每次煨汤用的都是瓦罐，之所以要用瓦罐来煨汤是为了让食物受热均匀，这样煨出来的汤味道才会正宗。回到家之后，爷爷就把剁好的排骨放入滚烫的开水中焯熟，而奶奶则忙着给爷爷在菜市场买回的藕去皮。等到排骨完全焯熟之后，爷爷就把排骨捞起，然后在锅中放入少量的油，加入姜片，把排骨放入锅中翻炒，煸出里边的猪油，炒到排骨两面成为金黄色之后，再将炒好之后的排骨放在盘中备用。等到奶奶将老藕去皮切段放入瓦罐之中，再将炒好后的排骨连同生姜、红枣一起放入瓦罐。再倒入一满罐的清水，然后盖上锅盖，将瓦罐放在火炉上烧火添柴把水烧开，烧开之后减柴改小火。之后就是一段漫长的等待过程，在这一等待过程中，两位老人十分耐心地守候在火炉旁边，把控着煨汤的火候，在煨汤过程中火一定要保持煨汤时的状态，不能太大更不能太小，火候的把控决定着煨汤能否成功。过了大约六小时，一股鲜香扑鼻的汤汁味道从瓦罐中扑鼻而来，奶奶熟练地揭开锅盖用鼻子闻了几下之后，用铁勺舀上一块藕和肉仔细地看了看，只见她舀出来的排骨已经煨烂，老藕看上去也好像有点粉糯。之后她便露出十分满意的笑容，然后对爷爷说道：

"老头子，汤煨成功了，快打电话叫涛涛一家过来喝汤吧！"

过了大约两小时,在奶奶家客厅内的餐桌上,此时已经坐满了五个人,我父亲和我母亲还有我,再加上我的爷爷和奶奶。而那一罐早就煨好的排骨藕汤,此时已经盛放在餐桌正中央的紫砂锅内。闻到那股扑鼻而来的肉香味,我正想率先舀一勺子装在我面前的大碗里,然后再尝上一口,可是我的理智却告诉我不可以那样心急,第一碗汤应该让长辈们先喝。不过,奶奶对我这个孙子的疼爱则打消了我心头上的这点小小的顾虑。只见她一边拿起摆在我面前的大碗,一边拿起汤勺从紫砂锅里舀上一大块排骨和一大块莲藕及红枣在我碗里一边说道:

　　"涛涛,你在汉口经常工作很辛苦,来喝一点汤补补身子。"

　　于是我不客气地接过奶奶为我舀的那一碗汤,十分感激地对奶奶说:

　　"谢谢奶奶!"

　　接着,我便迫不及待地想尝尝奶奶煨汤的手艺。当我拿起勺子喝上第一口汤的时候,便尝到一股淡淡的咸味,在嘴里品尝一番之后,慢慢地便尝到了一股来自排骨的鲜美,再加上白胡椒和味精的点缀,那种好喝的滋味更加刺激了我的食欲。然后吃上一口软糯无比的老藕块,那种入口即化的完美口感和吸进肉香之后的滋味,更是令人陶醉。再咬上一口感觉舌头里有一股粉嫩的感觉,藕丝很快便在我的舌尖上缠绕。接着再吃上一口煨烂后的排骨肉,肉的松散更能映衬出汤汁的鲜美。红枣在里面不仅完全化解了肥肉的油腻,而且吸收了肉汁本身的鲜味,再加上它本身的甜味和那粉糯的口感,使我感到味觉上无比的享受。在不知不觉间,我已经喝完了奶奶给我舀的那碗美味的排骨藕汤。这时候，爷爷向我问道：

"涛涛，吃饱了吗？汤还够不？不够就叫奶奶再给你添一碗。"

而我便回答说：

"爷爷，我今天在家吃过晚饭了，再喝你们今天煨的藕汤，早就吃饱了。"

"嗯，吃饱了就好。"

于是爷爷便又向他的儿子和儿媳妇也就是我的父亲和母亲问道：

"九儿、秋凤，你们吃饱了吗？"

九儿是我父亲的乳名，从小到大爷爷奶奶都这样叫他，因为我父亲刚刚生下来的时候是九斤，所以爷爷和奶奶便给他起了这样一个有趣的乳名。

"我们也吃饱了，今天的晚饭刚刚吃过呢。"

父亲和母亲对爷爷说道。说完之后一家人便开始拉起了家常，奶奶此时正忙着收拾喝完汤之后剩下来的碗筷。

"涛涛，你在汉口工作感觉怎么样，能够胜任吗？"

我回答说：

"能够胜任，爷爷，我们单位里头的同事都对我很好，也十分关心我，在那儿工作我感觉很温暖。"

"嗯，那就好，你从小到大都会写，在我们常家你的笔杆子最好，你在长江日报这么好的单位工作，常娟羡慕你羡慕得不得了，好好干，你一定会有前途的。"

"嗯，我会的，爷爷。"

接着，爷爷便开始与我的父亲和母亲聊起了生活上的事情：

"九儿、秋凤，听说你们这几天身体有些不好，所以我和你妈妈今天请你们过来喝汤补补身子。"

"你和妈妈最近身体还好吗？有没有吵过架呀？"

父亲十分关心地向爷爷问道。爷爷便回答说：

"我和你妈妈两人身体都还好着呢，你前几天送来的那几服药我们天天都在按时吃，你们不用担心我们俩。"

这个时候，收拾完碗筷的奶奶在中间补充了一句：

"吵架那就更不会了，我们知道吃那些你送过来的药需要配合好脾气，不然就没有效果了，我们都知道。"

奶奶说完之后，便向我母亲问起了关于她身体上的事情：

"秋凤，听说你的胳膊有点弯不过来，最近经常到韩医生那儿去做蜂疗，现在好些了吗？"

"好些了，妈妈，昨天还在韩医生那儿去放了点血，扎了点蜂子，现在基本上能弯了。"

"好了我就放心了，你要把身体养好，我们家九儿和涛涛还需要你照顾，喝点排骨汤对你的身体有帮助，很养人的。"

"谢谢妈妈！"

"不要谢我，这是应该的，一家人就是要像这样亲热才好嘛！"

接下来，奶奶此时此刻，又想起了我和我堂妹常娟小时候在她这里生活过的事。

"记得涛涛十二岁的时候，和娟娟一起在这里玩，中午一起喝排骨汤的时候，涛涛不晓得多懂事，他看爹爹把常娟碗里的汤添少了，就去把自己碗里的汤往娟娟的碗里倒。"

这时候，我爷爷笑着说道：

"是呀，我家涛涛待人真诚、忠厚，不像别个的伢子那样拐，不听话。"

当爷爷说完这话之后，不知不觉间又提到了我出生时那会儿的事：

"涛涛出生时第一眼看到的人就是奶奶，而且他看见奶奶就哭。"

而此时的奶奶，更是把我从出生到成长之间的事儿，就好像在背诵一篇小说似的，一字不漏地把小说中的故事内容给说了个遍。对于这两位如今已年过半百的老人来说，他们一生当中最值得开心的事情，就是回想起自己当年青年得子，老年得孙之后的人生感慨，感受过养儿时的辛劳与艰苦之后，再回忆起孙子从出生到长大的成长经历，心中顿时能够感受到曾经享受过天伦之乐，如今已是儿孙满堂时发自内心的无比甜蜜。除了逢年过节以外，他们最想要的就是能够在节日以外的任何一个时间段内与自己的儿子儿媳和孙子们，像现在这样十分快乐地相聚在一起，聊聊天，拉拉家常，以解他们俩每日每夜对儿女们和孙子们那无尽的牵挂与思念。

"是呀，我记得涛涛两个月大的时候，用手把一个小脚盆给拿起来了，黑皮和他二叔谈朋友的时候，黑皮送了涛涛一辆玩具车，当那个玩具车开始叫的时候，把涛涛吓得哭了起来。"

"后来二叔把别人送给他吃的橘子留给我家涛涛吃，涛涛吃了拉肚子，结果送到人民医院看病打了几天的吊针才好，后来我把二叔给狠狠骂了一顿。"

"涛涛三四岁的时候，骑着一辆三轮车非要到医院去看奶奶，秋凤硬不要他去，结果他非要去，不过最后还是去了。"

"说的是呀，涛涛小的时候不晓得多乖，不过现在也是一样蛮乖。"

我认认真真地听着爷爷和奶奶对我小时候成长经历的描述，在不经意间勾起我对小时候发生在我身上的那些事情的美好回忆，同时也感受到了爷爷奶奶对我的关心在乎还有关爱，心里顿时感觉到一股温暖而又甜蜜的味道涌上心头，而这味道竟然和我刚才喝过的排骨藕汤的味道完全一样。汤汁的温暖代表着爷爷奶奶对我还有我父母的关爱，甜蜜的红枣使我尝到了爷爷奶奶与父母疼我时的甜蜜，咀嚼在嘴中的排骨和缠绕在我舌头上的藕丝，使我感到父母与儿子之间和爷爷奶奶与孙子之间的骨肉相连与藕断丝连。虽然我父亲现在已经和我母亲结婚了，并且组建了只属于我和父亲、母亲三个人的小家庭，但是爷爷奶奶对我父亲的爱并没有因此而中断，父亲和爷爷奶奶之间的骨肉亲情也没有因此而改变。当我用牙齿咬开老藕的那一瞬间却有数十根细细的藕丝缠绕在咬开过的藕段之间，咬开排骨的那一瞬间却感受到骨头与肉不愿意分开时的一种无奈；这一碗美味的排骨汤，凝结着父母与儿子儿媳之间、爷爷奶奶与孙子之间产生的那一种流露在心灵之间的亲情。这不是排骨汤的味道，这是爱的味道。

11月到了，2016年的深秋还没有结束。居住在黄陂区泡桐镇的李建安夫妇正在做泡桐镇上最有名的小吃——糍粑。糍粑乃黄陂三大著名小吃之一，是黄陂人民在准备年货时必备的美食。不过，李建安家的糍粑却总是从每年的深秋季节开始销售，那是因为他们家刚刚收割了从他们自家的糯米地里种植成熟后的几大袋新鲜的糯米。刚刚成熟后的糯米所制作出来的油炸糍粑，不仅口感酥脆而且味道鲜美，而李建安夫妇恰好就利用了糯米在刚刚成熟后这一味觉优势，在他们自己的门店内开起小火，做起了糖煎糍粑的生意，吸引了泡桐镇上喜欢吃用新鲜糯米做出来的糍粑的人。

糍粑的做法不是特别复杂。在几天前，李建安的妻子周亚梅把她在地里刚刚收割好的糯米去皮，去皮之后用水洗净去除糯米表面上的杂质，然后将糯米用清水浸泡过一段时间之后，放入蒸笼里蒸熟，等到糯米蒸熟之后，再放进石臼里用杵槌舂制。在舂制的过程中，李建安用木杵不断地舂制，周亚梅用手将石臼中的糯米糊不停地翻动，直到舂到糯米糊稠如泥状，看似橡胶，变得富有光泽和弹性，这样舂出来的糯米糊才适合做糍粑。等到李建安夫妇成功将糯米糊舂出他们满意的效果之后，再将舂好的糯米糊摊放到簸箕里顺着簸箕的边沿刮成圆饼一样的形状，等到放凉变硬之后，再切成块泡在清水里，这样做出来的糍粑就算成功了。

做好糍粑之后，李建安夫妇便将刚刚在清水里浸泡过一天的糍粑拿出来准备做成糖煎糍粑，糖煎糍粑的做法非常简单。首先把糍粑块从清水里捞出来，然后洗净并且沥干水分。锅里放少许油，油热后下糍粑，然后立刻转为中小火，慢慢将糍粑煎至金黄，黄陂人把这个过程叫作"炕糍粑"。等到糍粑的一面完全被煎成金黄色之后，再将糍粑的另外一面也翻过来进行煎制。等到两面都变成金黄色之后，再把煎好的糍粑捞出锅，出锅后李建安淋上自己精心熬制的红糖水，再撒上点花生碎、白芝麻，糖煎糍粑就做成功了。糖煎糍粑不仅看上去色泽金黄鲜艳，味道也非常鲜美，一口咬下去红糖水和白芝麻所焕发出来的甜蜜与清香再加上煎过之后的糍粑那种外焦里嫩的口感，让人感觉十分爽口，再搭配糯米本身那种鲜美的滋味和那入口即化的软糯口感，简直让人回味无穷；这或许就是李建安家糍粑之所以会那么好吃的秘诀。

　　11月的光阴在黄陂人对于美食的热爱和享受中匆匆离去，转眼间12月终于到了。寒冷的冬风吹在人的脸上让人感到犹如刀割一般的疼痛，在不经意间我又打起了一个寒战。伴随着寒风的呼啸，天空中顿时又下起了鹅毛般的大雪。祁勤民夫妇和王传林夫妇还有王军朝夫妇在这一天又在准备着他们新的一年要卖出去的年货。圣诞节过去之后，黄陂人对于属于中国人的传统节日春节的期盼与渴望又再次变得强烈。离元旦假期的到来只剩下三天左右的时间，新年到来时的气息伴随着大雪的降临犹如银装素裹般覆盖在黄陂城区的每一个角落。当我正穿梭在黄陂六号门地区大街小巷中的时候，突然间闻到了一股小时候曾经吃过的味道，那味道简直让人怀念，使我想起了妈妈小时候喂我吃剁馍时的情景。对，没错，就是这个味道，这是剁馍的味道。当我循着这股怀念的味道传来的方向走近一瞧，发现一对老年夫妻正在他们俩经营的店铺里卖剁馍。

　　记得在我五岁那一年，母亲看我肚子饿，撕了一小块剁馍塞进了我的嘴里，那种外焦里嫩的口感和吃在嘴里甘甜的滋味，让我至今都还记忆犹新。只可惜，当我长到十岁的时候，就再也没能尝过那种让人无法忘记的滋味；可现在，我做梦都没有想到，十几年后的今天，我居然还能闻到这股久违的味道，这让我既惊喜又感动。于是我连忙跑到那对老年夫妇正在做剁馍生意的店铺门口，透过热气定睛一看，原来我认识这对老年夫妇。正是曾经住在我家楼下的陈启武伯伯和匡琼瑛伯母，原来他们俩自从退休，从我家楼下搬出去之后，在黄陂城区的小板桥那儿卖起了剁馍。于是我激动地对他们说：

"陈伯伯，匡伯母，你们还认得我吗？"

当陈启武和匡琼瑛夫妇看到我的时候，他们俩也是既激动又惊喜：

"啊，原来是常涛呀，好久不见了哦！"

于是，夫妻俩十分热情地把我请进屋，然后吩咐一名在店铺内做工的伙计帮忙照看着店铺。

陈启武伯伯在退休以前，是黄陂区地税局的一名普普通通的职员，和我父亲在同一个单位上班，虽然和我父亲之间在工作上并没有太多的联系，但是两人私底下关系十分的密切。匡琼瑛退休之前在黄陂区环城财政公司当会计，她比她丈夫陈启武大四岁，是一对典型的姐弟恋夫妻；而他们俩之所以能走到一起，则是因为陈启武当年对匡琼瑛那锲而不舍和永恒不变的执着追求，最终用他那颗真诚的心打动了匡琼瑛伯母的芳心，使他们俩最终走到一起。他们俩有一个女儿名叫陈雯，出生于1980年，六年前通过网络认识了她现在的丈夫李某，一年之后随丈夫定居在福建，过年的时候才会随丈夫一起回黄陂探望她的父母亲。

进屋之后，匡伯母特意为我倒了一杯热茶，然后与陈伯伯一起坐在我身边和我聊了起来：

"常涛，你怎么到这里来了呀！"

"哦，是这样的，"我连忙回答说，"新年将至，我今天正打算给家里买点年货，突然间闻到了剁馍的香味，正想买一块吃的时候想不到会遇上了你们。"

"你小的时候吃过剁馍吧，我看你妈妈在你五岁的时候经常买剁馍给你吃。"

"是呀，匡伯母，我已经有很多年没有吃上这个东西了，没想到今天却看见你们在这儿卖剁馍。"

说完之后，我又对他们在这里卖剁馍的缘由产生了浓厚的兴趣：

"陈伯伯、匡伯母，你们怎么在这里做起了卖剁馍的生意呀？"

陈伯伯则面带微笑地向我解释说：

"我们老两口退休之后觉得没有什么事干，所以就决定在这里做点小生意，你匡伯母娘家那儿有一门做剁馍的手艺，所以我们便决定把这门手艺带到城里来。"

"那你们的生意做得怎么样呢？"

听完我的话后，匡伯母说道：

"生意做得还可以，还挣得了许多小钱，毕竟这东西已经有十几年没人卖了，现在也很少有人会记得这个东西，不过来买的人还是很多，有年纪大的，还有像你这样年轻的小伙子，大多数是来买这个找回小时候的记忆，毕竟这是咱们黄陂人的老手艺，可不能丢呀！"

听完匡伯母的话后，我渐渐地明白了匡伯母这句话的含意，"黄陂人的老手艺，不能丢。"这是他们对于传统老工艺的热爱与传承，也是他们老一辈人对于失传味道的永久回忆。这一小块剁馍对于普通人来说可能不算什么，但是对于匡伯母和陈伯伯来说，也许就寄托着让传统味道重现人间的美好愿望，以便让失传工艺得以继续传承下去的衷心祝愿。

"是呀，黄陂人的老手艺丢不得，匡伯母、陈伯伯能让我吃一块你们的剁馍吗，我想回忆起小时候的味道。"

"哦，对呀，说了这么半天话忘了请你吃剁馍了，今天的剁馍由我请客，你想吃多少就吃多少，我们不收你的钱。"

"这怎么好意思呢，匡伯母。"

"没有什么不好意思的。"

陈伯伯在一旁接话说道：

"大家都是熟人了，我和匡伯母是看着你长大的，如果我们要是收了你的钱，那就太见外了。"

说完，他便吩咐伙计给我端来了一盘子剁馍，看着这盘子里边的剁馍，闻着这熟悉的味道，我似乎又回到了小时候妈妈喂我吃剁馍时的场景；这时候，匡伯母的一句话打断了我的回忆：

"常涛，快点趁热吃吧，放凉了就不好吃了。"

"嗯。"

我点点头，然后用右手拿着一块剁馍放进嘴里咬了一口，然后细细地品尝一番。对，就是这种口感这种味道，入口甘甜，外酥里嫩，一口咬下去发面的麦香味伴随着热气涌进了我的嘴里，让人回味无穷，这是小时候的味道，一点都没变。当我正沉浸在剁馍滋味回忆里的时候，匡伯母见我吃得是那样的开心，便面带笑容十分关心地问道：

"常涛，好吃吗？"

我连忙点了点头，然后说了两声："好吃！好吃！"

"好吃的话你就多吃点吧！"

这个时候，我又对剁馍这门传统食品手艺的制作工序产生了兴趣：

"匡伯母，能告诉我这剁馍是怎么做的吗？"

匡伯母则毫不吝啬而又十分爽快地答应了我：

"没问题。"

剁馍的制作过程和锅盖有些相似，它们之间的区别就在于发面上。首先，把用大麦做成的面粉和好，做成饼形，放入一个特制的平底锅中发酵，发酵之后把平底锅的锅盖底迅速加热，然后再把装有剁馍原型面饼的平底锅放在炉灶上，盖上锅盖，在炉灶内添柴加火烤制，烤熟之后揭开锅盖看到剁馍呈现出金黄色的一面之后，剁馍就算做成功了。吃剁馍的时候，要用刀把剁馍切成块状后再吃，这就是剁馍名称的由来。吃完剁馍之后，匡伯母和陈伯伯问了我家里的一些情况，不如说是我父母的近况、我工作的近况，还有我女朋友的近况等，尽管有些问题问得我很尴尬，但是我都硬着头皮如实地进行了回答。当我要离开他们家的店铺，正打算要去买年货的时候，陈伯伯好心好意地送了我几块剁馍说是带给我父母吃的，并且嘱咐我要经常过来光顾他们的店铺。和他们俩道完别之后，我便头也不回地离开了他们家的店铺。拿着袋装的剁馍走在大街上，踩着厚厚的积雪，寒冷的气温使我忍不住又尝了一口剁馍那充满温暖的麦香味，那味道依然是小时候的味道，一点都没变。

虽然生活总是在变，时代总是在变，人的思想也总是在变，所学到的知识也总是在变，但是黄陂人民对于食物的热爱，对于传统技艺的遵循和传承却永远都不会变；技还是那个技，味还是那个味。在鲜美的传统食物这条道路上，黄陂人民用他们的勤劳和智慧推陈出新，在遵循传统美味的这条道路上坚持不懈，最终让黄陂的美食享誉湖北武汉乃至全国，为武汉的美食增添了一份新的光彩。"木兰山高，滠水河长，养育多少好儿郎，无陂不成镇，九佬十八匠，有个英雄花木兰，四海把名扬，黄陂的名字自古它就响，黄陂人个个都热爱家乡。"这首脍炙人口的用黄陂话唱出来的歌曲和腔调，在所有黄陂人心中已是家喻户晓，黄陂人那为人善良、宽厚大方的个性接纳着无数个来这儿品尝美食的人。黄陂人不仅热爱美食，热爱生活，更热爱家乡。为了创造出新的生活，他们带着自己的勤劳和勇敢不断地走向武汉，走向湖北，走向全国，走向世界，用自己的努力回到黄陂来建设家乡。四千多年前他们以汉阳人的身份建造出武汉这样一座美丽而又历史悠久的伟大名城，四千多年之后他们依然靠着自己的勤劳和努力建设家乡，使现在的黄陂区变成了武汉市富有繁华的地区之一。黄陂素有"无陂不成镇"的美誉，五百年前黄陂人打造出中国四大名镇之一——汉口镇，而今千万多黄陂人走出国门遍及世界三十多个国家和地区，创造了中国之最乃至世界之最。在政界、教育界、军事界、文艺界等各行各业领域中，几乎都有黄陂人的身影，可谓是"人杰地灵"。古有替父从军的花木兰在这里留下一段以孝感动人的故事，有程颢、程颐两兄弟在这里留下历史和文化的印迹，近有徐海东大将在这里续写一段红色革命和抗日英雄的传奇，而今又有阮成发担任过武汉市的市长。这恰恰就验证了我们黄陂人的伟大和"无陂不成镇"这种说法的可靠性。

一碗简简单单的美食，凝结着黄陂人民的勤劳和智慧的，也体现出黄陂人民热爱生活、热爱朋友、、为人坦诚、忠厚、豪迈、不欺诈的良好性格。叶建军的一桌丰盛的酒席代表着他对朋友之间的友善和忠厚，王传林和王军朝的良心卤干子和腊肠代表着他们为人实在不欺诈的真诚，韩修的荆花蜜代表着他遵循大自然法则所看到的发展机遇创造出美食的一种智慧，小常为他的同事们炒的一桌丰盛的菜肴代表他为人豪迈的个性，奶奶的一碗简简单单的排骨汤和陈启武、匡琼瑛老两口的剁馍，更能代表黄陂人对亲人和朋友的坦诚和关爱。在不经意间他们都能时时刻刻触碰着我们的心灵，感动着我们的灵魂。

这就是舌尖上的黄陂，品尝享受美食的同时，还能感受到一种幸福快乐的亲情与爱的滋味。我们热爱美食，热爱自然，热爱生活，更珍惜亲情、友情，更懂得爱。

舌尖上的中国，舌尖上的武汉，舌尖上的黄陂。

女人花

你，是一朵鲜艳无比的玫瑰花！

在太阳底下，你吸取了阳光所带来的滋养，展现出你那动人的光彩！

年轻的时候，你展现出那婀娜多姿的娇媚。

优雅而又不失气质，既不羞涩也不腼腆。

不需要绿叶的映衬，就能把自身的魅力展现在人们的面前。

你给了我生命，给了我灵魂。

我就是你根茎上的那道刺，不允许任何人把你从我身边夺走。

从你身上散发出来的阵阵香味，让我痴迷令我陶醉，犹如一阵春风温暖了我的心。

下雨天的时候，无论多大的风，多大的雨，你都会不离不弃地陪伴在我身边守候着我。

你摇曳在红尘中，随着清风微微地摆动。

当路人向你投来赞美目光的时候，你也不为之所动。

你是那样的光彩，那样的迷人，就像一位站在阳光之下的美丽少女！

用你那甜美的容颜和那靓丽的身材，让所有男人都为之心动。

我爱你的真，爱你的纯，爱你的美，爱你的香。

因为你就是我心中的玫瑰。

你，是一朵朴实无华且又美丽的昙花。

从见到你的第一眼开始，我便被你的美所深深吸引。

你那盛开时的美丽容颜，让我感到无比的陶醉。

情窦初开的我，很快就迷恋上了你。

那个时候，我只有十七岁。

而你总是静静地坐在花盆里，默默无闻地等待你的真爱来临。

平时，你会把心儿紧紧地锁起。

但是遇到我的时候，你却故意把心儿打开，让我有幸能欣赏到你那迷人的光彩。

和你在一起的那段日子里，使我变得坚强而又充满自信。

我整日不厌其烦地为你浇水，为你施肥，好让你能够永远这样陪伴着我。

因为和你在一起的那段时间，让我觉得我是世界上最幸福的男人，因为我遇到了你，因为你的花只为我一个人盛开，别人想一睹你那迷人光彩的时候，你往往会视而不见。

有你的陪伴我的世界才会如此的美好。

有你的陪伴我的胸怀才会如此的宽阔。

看着你那如雪一样白的花瓣，我便崇拜你那如同圣女一般的高贵。

你那迷人的香气虽然说只有一点点，可在我心中却是那样的芳香四溢。

可惜，你始终是昙花，而且是开放时间不到一天的昙花。

从你开放的那一天起你就命中注定要离我而去，不管我为你浇再多的水施再多的肥，也挽回不了你的谢落。

你给我的爱是刻骨铭心的，我知道那是初恋的爱，你给我的爱像微风一样就这么轻轻吹过。

可我要的不是初恋，我要的是一段天长地久的不朽的爱情。

但是你给不了我这个。

看到你枯萎了的时候，我哭了整整一夜。

从那以后，我就再也没有心思去看任何其他的花朵。

直到有一天，我找到了和你一样有着圣女一般高贵的白莲花。

那朵白莲花至今都还被我精心地供养着。

白莲花出淤泥而不染，濯清涟而不妖。

见到你的第一眼，我便被你的美丽高雅和纯洁深深打动。

因为你不像其他普通的花一样有瑕疵，也不与其他花一块儿争妍。

你那含苞待放的姿态就好像要等待你的白马王子前来博你一笑。

于是我便把你摘掉一朵放在曾经供养过昙花的花盆里等待着你的开放。

我把曾经对昙花的爱全都投到了你的身上，悉心为你浇水，为你施肥。

终于有一天，你被我的真诚所打动，开出了你那令人着迷亮丽的花朵。

你开花时的颜色是那样的简单，白色的花瓣搭配你那橘黄色的花芯，使我看得如痴如醉。

宛如在水盆中跳着芭蕾舞的美丽天使在阳光的照耀下翩翩起舞。

你单纯、美丽而又不失优雅与气质，正是可以替代昙花高贵典雅的爱情之花，所以我要用我的一生守候在你身边，为你浇水，为你施肥，我要把我对昙花的爱全都无私地奉献在你的身上。

因为你就是这一生之中能够陪我相伴到永远的那一朵生命之花。

你是我的花神，也是我的灵魂和生命。

我要用我的一生来保护着你，呵护着你，不离不弃，直到永远！

永远！

大汉歌

秦时明月兮，汉时关。

万里长征兮，人未还。

陈吴起义兮，兵败如山。

刘邦项羽兮，毁秦江山。

设鸿门宴兮，欲刺刘邦。

兄弟之情兮，荡然无存。

楚汉相争兮，各自为政。

重用韩萧兮，识得人才。

征战四年兮，击溃项羽。

自刎乌江兮，夺得天下。

拜将封侯兮，列土分国。

承袭秦制兮，治理国家。

卸磨杀驴兮，诛尽功臣。

专制独裁兮，排除异己。

高祖驾崩兮，吕雉专权。

独揽国政兮，滥用职权。

诸吕之乱兮，安定天下。

文景之治兮，开创盛世。

轻徭薄赋兮，与民休息。

崇尚节俭兮，体恤民情。

七国之乱兮，平定天下。

迎战匈奴兮，安定边疆。

汉武盛世兮，国力强盛。

行推恩令兮，巩固皇权。

罢黜百家兮，独尊儒术。

击溃匈奴兮，平息边患。

出使西域兮，开辟丝路。

促进贸易兮，连通欧亚。

设立都护兮，纳入中央。

轮台之诏兮，不再用兵。

发展农贸兮，抢救经济。

巫蛊之祸兮，太子遇害。

弗陵继位兮，五臣摄政。

元凤政变兮，诛尽奸臣。

政治稳定兮，四海清平。

病已即位兮，重振汉室。

扫除腐败兮，摒弃儒学。

道法结合兮，治国方针。

整顿吏治兮，劝民农商。

抑制兼并兮，打击豪强。

恢复经济兮，迎来盛世。

病已驾崩兮，汉室衰败。

柔仁好儒兮，皇权旁落。

外戚宦官兮，干预朝政。

刘骜即位兮，贪恋女色。

赵氏姐妹兮，燕啄皇孙。

外戚王氏兮，独揽朝政。

奸臣王莽兮，篡位称帝。

废汉建新兮，灭亡西汉。

绿林赤眉兮，推翻新朝。

刘秀即位兮，恢复汉室。

洛阳称帝兮，建立东汉。

明章之治兮，国力鼎盛。

窦宪出塞兮，击破匈奴。

登燕然山兮，班固作铭。

刻石领功兮，扫除威胁。

巩固政权兮，安定天下。

佛教东进兮，传入中原。

章帝驾崩兮，和帝即位。

窦后专权兮，政治腐败。

和帝灭亲兮，信用宦官。

外戚宦官兮，相互争斗。

元兴元年兮，和帝病逝。

刘隆即位兮，幼年早逝。

安帝即位兮，邓后理政。

勤俭节约兮，任用贤良。

打击外戚兮，纵容宦官。

邓后逝世兮，安帝亲政。

清算邓族兮，依赖宦官。

听信奸臣兮，肆意妄为。

朝政昏聩兮，汉室衰败。

病逝叶城兮，秘不发丧。

阎氏专权兮，拥立刘懿。

刘懿病逝兮，宫廷争斗。

诛杀阎家兮，迎立刘保。

顺帝执政兮，宦官当道。

贵人梁妠兮，立为皇后。

梁氏外戚兮，迅速崛起。

把持朝政兮，为所欲为。

滥立皇族兮，横行无忌。

桓帝即位兮，梁翼拥立。

残害忠良兮，公饱私囊。

桓帝亲政兮，诛杀梁翼。

任用宦官兮，拜将封侯。

五侯乱政兮，党锢之祸。

永康元年兮，桓帝驾崩。

刘宏即位兮，权力架空。

外戚宦官兮，相互争斗。

宦官政变兮，打败外戚。

灵帝昏庸兮，买卖官职。

张角起义兮，黄巾之乱。

平定叛乱兮，国力衰败。

分封权利兮，拥兵自重。

军阀混战兮，割据一方。

群雄并立兮，逐鹿中原。

董卓专权兮，拥立刘协。

改元献帝兮，年号建安。

设美人计兮，诛杀董卓。

李郭叛变兮，击杀王允。

曹操护驾兮，营救献帝。

把持朝政兮，迁都许昌。

要挟天子兮，以令诸侯。

官渡之战兮，大败袁绍。

赤壁之战兮，败于孙刘。

三分天下兮，已然形成。

汉室威严兮，荡然无存。

皇帝尊号兮，名存实亡。

曹操之子兮，继承父位。

篡夺皇位兮，废汉建魏。

东汉灭亡兮，三国并立。

司马家族兮，一统天下。

大唐颂

朝代更迭，百战不休。

分久必合，合久必分。

昏君杨广，专横跋扈。

滥用民力，鱼肉百姓。

亲近奸臣，疏远贤能。

奸邪当道，忠奸不分。

天怒人怨，全民激愤。

揭竿而起，反抗暴政。

李渊父子，太原起兵。

推翻暴隋，深得民心。

东征西讨，稳固江山。

建立唐朝，安定天下。

玄武之变，世民登基。

宽政安民，休养生息。

文成武德，泽被苍生。

贞观之治，开创盛世。

北击突厥，平息边患。

胸怀坦荡，接纳外夷。

重用魏征，虚心纳谏。

亲近贤能，委以重任。

安抚吐蕃，远嫁文成。

大兴佛教，修建庙宇。

弘扬佛法，普度众生。

海陆丝绸，拓展贸易。

传承儒教，修身养性。

感化东瀛，遣使来唐。

虚心请教，仿效中华。

四海之内，皆为吾臣。

普天之下，莫非王土。

迎宾四方，万国来朝。

欣欣向荣，市井繁华。

文化交流，民族融合。

李治登基，武后参政。

共同辅政，二圣临朝。

高宗驾崩，武后专权。

废除中宗，自立登基。

国号为周，谥号则天。

继承盛世，定国安邦。

大兴科举，增加殿试。

发展生产，对外开放。

政启开元，志宏贞观。

无字碑歌，流传千古。

楚王隆基，政变上位。

唐隆之变，拥立李旦。

睿宗退位，让与隆基。

登基为帝，庙号玄宗。

励精图治，百废待兴。

政治清明，国泰民安。

发展生产，对外开放。

鉴真东渡，传法东瀛。

开元盛世，国力强盛。

巍巍大唐，中华之傲。

改元天宝，志得意满。

放纵享乐，不问国事。

杨氏玉环，初入宫廷。

嫁于李瑁，贵为儿媳。

天生丽质，国色天香。

貌美如花，玄宗甚欢。

晚节不保，与子争妻。

公媳乱伦，横刀夺爱。

强迫为妃，儿媳变妻。

沉溺酒色，不理朝政。

杨家得势，国忠为相。

任用奸臣，宦官干政。

好大喜功，边将专军。

政治腐败，军事空虚。

安史之乱，攻陷唐都。

弃城逃跑，迁至成都。

禁军兵变，处死贵妃。

明皇退位，肃宗登基。

灵武称帝，借兵回纥。

征战八年，终平叛乱。

大唐国运，由盛转衰。

土地兼并，藩镇割据。

军阀混战，民不聊生。

宦官专权，拥兵自重。

经济衰退，政治腐败。

名存实亡，党争不休。

黄巢起义，致命一击。

唐室衰败，无力回天。

朱温叛唐，篡位夺权。

废唐建梁，改元开平。

唐朝虽亡，却创辉煌。

遗留余荫，怀念至今。

中华之巅，傲视群夷。

丰功伟业，永垂不朽。

大明颂

驱除胡虏复中华，应天府邸出英豪。

徐达遇春破大都，荡平四海夺天下。

汉人江山从此复，兴我明室三百年。

乞丐皇帝登大宝，朱家开始定天下。

重用贤才兴科举，轻徭薄赋得民心。

中央集权废丞相，君相两权集一身。

宦官结党营私利，维护皇权设锦衣。

滥杀功臣皆为己，一朝天子一朝臣。

太子早夭立太孙，改元年号为建文。

励精图治为国民，削藩政策造危机。

靖难之役已打响，叔侄相煎何太急。

兵临城下破金陵，燕王大军入宫廷。

孝孺宁死不起草，诛灭十族奈我何。

改元年号为永乐，亲娘改认马秀英。

从此迁都于北平，天子开始御国门。

北击残元拓疆土，御驾亲征显神威。

雄才伟略福万民，治隆唐宋迈汉唐。

派遣郑和下西洋，扬我帝国之荣耀。

朝鲜安南和吕宋，无不臣服我大明。

年年进贡岁岁朝，马首是瞻唯我朝。

英宗皇帝征瓦剌，土木之变被敌擒。

挟持英宗逼京师，祁钰即位为代宗。

识破阴谋和诡计，于谦誓死保明廷。

忠心堪比岳武穆，流芳万古美名扬。

宪宗偏爱万贵妃，万千宠爱在一身。

刘瑾误国乱朝纲，千刀万剐怨于谁。

奸相严嵩揽国政，贪赃枉法不留痕。

官场腐败蚀人心，海瑞罢官保清廉。

内阁首辅张居正，变法图强匡社稷。

民族英雄戚继光，荡平倭寇扬威名。

万历怠政二十年，阉党乱政挟皇权。

大明盛世不复存，名存实亡危旦夕。

女真贵族正崛起，努尔哈赤反朝廷。

后金改名为大清，势与明廷不两立。

朱家气数现已尽，农民起义征四海。

内忧外患谁来平，怎奈朝中无能人。

误中清廷反间计，崇祯皇帝起疑心。

赐死名将袁崇焕，亡国丧钟为谁鸣。

闯王攻入紫禁城，由检自缢于煤山。

国祚二百七十六，共历朱氏十六帝。

山海关将吴三桂，誓死不降李自成。

只因爱妾陈圆圆，怒发冲冠为红颜。

遂放清兵入宁远，从此天下归大清。

功过是非谁之过，史书自有后人评。

被遗忘的开国名将

　　大明洪武二年，也就是 1369 年，在河北的柳河川境内，一位大将军身披铠甲，手持长矛，坚强地拖着病体在正在搭起的军营之中四处巡视着。这位将军就是明朝开国名将常遇春。说起明朝开国时期的历史名将，人们首先会想到的是徐达，而不会想到除了徐达之外，还有另外一名得力干将，那就是常遇春。他的事迹很少有人知道，那是因为他早已被人遗忘在了历史的尘埃中，又或者是因为他为人低调不求名利，而又默默无闻地为朱元璋肝脑涂地地效忠，所以后来的史官们对于他的事迹记载得不是那么详细。

　　此时的他，正一边巡视着军营搭建的进度和情况，一边正在憧憬着这次凯旋回到京城后，皇帝会赐给他一个什么样的奖励。然而就在这时，他忽然间感觉胃里一阵剧烈的疼痛，紧接着一股血从他的肚子里不安分地跳出了他的气管，吐在了地上，血已经染红了他那花白的山羊胡子。他用手抹了一把刚刚吐出来的鲜血，抬起头看着那没有星星的暗淡夜空，他开始意识到自己已经时日不多了。可他今年还不过四十岁，后面还有很长的日子要过，他不甘心就这样死掉，他还没有带着他的部下回到南京，到太祖皇帝朱元璋那儿去领功，怎么能就这样死掉呢！想到这儿，他不禁仰天长叹："天不助我也！"

这时，一名士兵正急匆匆地跑来向他汇报："禀报大将军，军营已经搭建完毕。"听完那名士兵的汇报后，常遇春摆了摆手，有气无力地回答说："好了，下去吧！叫部下们好好休息，明天赶回金陵去论功行赏。"当他向那名士兵摆手的一瞬间，他感觉眼前的那名士兵一下子变成了两个人，紧接着他看到那名士兵的两个身影正在他的眼眶里天旋地转，不一会儿便失去了知觉，丢下他手中的长矛，晕倒在地上。那位士兵见他晕倒在地，急忙跑过去把他扶住，并不断在他耳边呼喊："大将军，快醒醒，大将军。"过了大约一个时辰，在大帅的营帐里，常遇春正静静地躺在卧榻上，一个军医正在为他把脉；在大帅的营帐外，"常"字旗还在夜风之中毫无生气地轻轻飘舞着。当军医为他把完脉后，很是无奈地摇了摇头。"大夫，我父亲怎么了？"说话的这个人是他大儿子常茂，军医没有回答常茂的话，只是闭上双眼一言不发；这时候，常茂便生气了，他向那名军医呵斥道："我父亲怎么了？你倒是说话呀！"而那名军医见此情形，无奈地说道："常将军因为常年在外征战，积劳成疾，此病因拖太久，已无法医治，老夫已无能为力也。"

"你胡说，我父亲现在还不到四十岁，怎么可能会医不好？"说罢他抽出他父亲常遇春送给他的佩剑架在军医的脖子上，威胁道，"你快点给我把他医好，不然休怪本少帅剑下无情！"

这个时候，常遇春醒了，他发现自己并没有死，但是离死期已经不远了；他轻声地对他儿子常茂劝阻道："茂儿，不得无礼，生死由命，富贵在天，让他走吧！"

于是，常茂便收起他手中的宝剑，很不情愿地对那名军医

说道："你走吧！"

军医于是对常遇春说："谢将军不杀之恩，老夫先行告退。"说完，军医便离开了营帐。军医离开后，常遇春便命令他的部下们全部离开，只留下了他的大儿子常茂、二儿子常升和三儿子常森。

"你们三个知道为父为何让你们三人留下吗？"听完父亲的问话后，三个儿子异口同声地回答说："孩儿不知。"

常遇春躺在卧榻上艰难地用尽肺里边儿呼出的那最后一点气力，因为他的时间不多了，他要把他今天想说的话全都说给他的儿子们听，不然就来不及了。

"茂儿、升儿、森儿，你们都是为父的好儿子，为父为你们感到骄傲。"当他把话说到一半的时候，忽然间咳嗽了几声，他的这声咳嗽顿时让他的三个儿子内心感觉一阵酸痛，他们都想劝父亲这个时候不要说话，留着这口气好好休息，但是又怕这样做会让父亲不高兴，反而还会加重父亲的病情，所以便同时决定先暂时把劝父亲休息的话先咽下去，然后硬着头皮听父亲把话说完。咳嗽过一阵子之后，常遇春接着说："你们知道为父为何要如此效忠于大明王朝吗？那是因为大明乃我汉家之朝廷；想当年，蒙古鞑子入侵我大宋王朝残杀我汉家百万子民，使我们汉人做了他们一百多年的奴隶，这笔血海深仇，我们汉人永远都不会忘记。而如今我与徐达将军挥师北伐，攻克元大都，使得顺帝小儿狼狈逃回蒙古大漠。这也是为父做过的最为骄傲的一件事，因为为父为全天下的汉家百姓灭了蒙古鞑子这帮狗贼，还原我大汉江山，为父就是死也瞑目了。"

常遇春的话刚一说完，他的大儿子常茂突然间一下子跪倒在榻边，然后紧紧握地住他父亲常遇春哭泣着说："父亲，您不要说这样的话，你一定会好起来的，等到了京城，孩儿一定会求皇上请最好的御医把你治好。"

常遇春则十分坦然地面带微笑说："为父恐怕等不到那一天了，但是为父有一个心愿，需要你们三个共同去完成。"

"请问父亲，是什么心愿？"二儿子常升问道。常升和他哥哥常茂比起来要乐观许多，他不像常茂那样的悲观，脸上也没露出半点儿悲伤的表情，表现得尤为冷静。

"我希望你们三个在我死之后继续效忠大明王朝，继续效忠洪武大帝，大明是为父辛辛苦苦为你们打下的江山，能为大明的江山社稷而死，为父此生足矣，只可惜为父不能继续为大明效力了，但你们要记住大明就是你们的家，你们誓死也要保卫大明。"

"父亲，孩儿发誓一定要誓死效忠大明，绝不辜负父亲的期望。"

常茂依然哭丧着脸。常遇春说道："你看你，怎么老是像女儿家一样哭丧着脸，成何体统，身为男子汉就要顶天立地，学学你两个弟弟，快把眼泪擦干。"

"是，父亲。"常茂说完，便很快地用手把脸上的泪水全部擦干，并且压制住了他悲伤的情绪。"做得好，茂儿。"这时候，常遇春又想起了他和当今皇上朱元璋一块儿打江山时的事，他很是乐观地笑着对他三个儿子说："茂儿、升儿、森儿，为父现在给你们讲讲为父当年跟随当今皇上一块儿打江山时的事吧！"

紧接着,他便从刚刚开始投奔朱元璋的那一刻开始讲起。

元至正十五年,也就是 1355 年,常遇春跟随刘聚在和州抢掠时正巧遇上朱元璋率军攻打和州。常遇春早就听人说过朱元璋仗义豪侠,很有作为。他便利用在和州相遇的机会,装成老百姓观察朱元璋的行径。他亲眼看见了朱元璋平易近人,视士卒如弟兄的作风,也看到了朱元璋部队纪律严明,不害百姓的行为。经比较他知道朱元璋是个做大事的人,而刘聚仅仅是个盗匪,不能和朱元璋相比;于是他当机立断决定在和州投奔朱元璋。做好决定之后,他便独自一人来到朱元璋的大帅府门前,当他正要进去的时候却被大帅府门前的两名士兵给拦了下来。

"你干什么?这种地方闲杂人等不可以进。"

"我要见你们的朱大帅,麻烦你们代为通报一声。"常遇春拱起手非常有礼貌地对那两名士兵说。那两名士兵见常遇春这一身农民打扮,便打心眼儿里对他产生了一种鄙视和轻蔑之意。

"你是什么东西?我们大帅是什么人难道你不知道吗?是你这种乞丐想见就能见的吗?"其中一名士兵带着十分傲慢的口气对常遇春说。常遇春并没有生气,他依然非常礼貌地拱起手继续说:"实不相瞒,在下是专门投奔你们朱大帅的,请让我见一见你们朱大帅。"

"你是来当兵的还是来要饭的呀!就你这身穷酸相还想见我们朱大帅,门儿都没有,你个臭乞丐,滚一边去!"

常遇春见这两名士兵依然是这般傲慢无礼,他渐渐地意识到再跟这两个小喽啰说下去也没什么意思,于是便决定硬闯。

"既然你们这样不识抬举,那我常某就只好闯进去了。"两

名士兵听他这么一说便立马将手中的长枪对准了常遇春。

　　"好你个刁民，竟然敢如此放肆，看枪。"于是两名士兵同时举起长矛向常遇春刺了过来，常遇春手疾眼快地转身一躲，然后用右手一把抓住两杆长枪的枪头，接着用右脚用力一踢把那两名士兵给踢倒在地；接着他便二话不说地径直朝朱元璋的大帅府里闯。这两名刚才被常遇春给踢倒在地上的士兵连忙捂着伤口站了起来，其中一名士兵对另外一名士兵说："快去通知朱大帅。"很快，在朱元璋的大帅府里立刻响起了一阵轰隆隆的敲鼓声。府内的士兵不约而同地拿起兵器，试图想把常遇春从大帅府里赶出去。这一阵轰隆隆的鼓声也惊扰了正坐在大堂内和大将们商议军情的朱元璋。听见鼓声后，朱元璋说道："何人在此撒野？"这时候，一名刚才被常遇春踢倒在地的士兵正匆忙地进来汇报说："报告大帅，有一刁民来到府上说想投奔大帅，但是被小人拦住，谁知那人二话不说就往府里闯，还打伤了小人。"

　　"真是岂有此理！"朱元璋很是生气地说道。对于一个大帅来说，偌大一个大帅府就这样被人轻易闯入，还打伤了帅府里头的人，这简直是莫大的耻辱。于是，朱元璋便决定会会这个胆大包天的刁民。

　　"徐达、蓝玉、汤和、刘伯温、李善长，你们随我一块儿去会会这个胆大包天的刁民。"

　　"遵命。"此时，在大帅府的前院内，常遇春拿着一杆枪和朱元璋手下的士兵们打了起来。虽然常遇春是一个人在战斗，他所面对的是朱元璋手下的众多士兵，但是那些士兵没有占到

分毫便宜,只要常遇春把他手上的长枪一挥使出他的常家枪法,朱元璋手下的士兵们就能被他推倒一大片。这个时候,朱元璋和他的手下的军师还有将军们全都赶了过来。

"何人在此撒野?"朱元璋站在大帅府前院的屋檐上怒吼着。这时候,他手下的士兵们全都退在一旁并且单膝跪在了地上。

"你们全都起来吧!"听到朱元璋的命令后他手下的士兵们全都站了起来,朱元璋轻蔑地看了一眼站在前院内手里紧握枪杆的常遇春并对他说,"汝为何不跪?"

常遇春把枪杆夹在腋窝下,然后拱起手对朱元璋说:"小民现在还不是您的手下,如果大帅肯将小民留在身边,小民自会在大帅面前下跪。"

"你既然是来投靠我的,那为何还要打伤我那么多的手下?"

常遇春连忙解释说:"小民有意要来投奔大帅,因为小民得知大帅的威名所以特意前来投奔,谁知大帅的两名看门人对小民百般侮辱,小民实在忍无可忍,所以才打伤了大帅的手下,还请大帅见谅。"

"你为何要投奔我,是不是挨了饿,想到我的队伍中找口饭吃?"

"小民曾在刘聚手下打家劫舍,并不愁衣食,只是刘聚只知抢掠和盗窃,并无大志。我听说大帅是位贤明智者,因此前来投奔,为将来的前程愿效死力。"

"好,既然你想留在我身边,那我倒想看看你有什么能耐!"

于是,他把徐达叫到身边说:"你去会会这小子,让他知道,我朱元璋的大帅府不是那么轻易就能闯进来的，让这小子知道你的厉害，千万不要手下留情。"

"是，大帅。"徐达乃朱元璋手下第一猛将，他的武功和力气在朱元璋军中几乎无人能及，朱元璋料定常遇春肯定不是他的对手，不如就借徐达的手教训一下这个敢闯帅府的小子。

"让我徐达来教训你这不知天高地厚的小子，看拳！"说罢，徐达紧握拳头直接朝常遇春脸上打了过来，常遇春连忙丢掉手上握着的长枪，十分快速而又灵活地接住了徐达迎面而来的拳头。接着两人便开始比试拳脚上的功夫。朱元璋则在一旁观看着他俩的打斗。这场打斗一共持续了一百多个回合，一时之间双方旗鼓相当，难分伯仲。而在一旁观战的朱元璋也感觉甚是奇怪，以徐达的身手往往不到一个回合就能把对手击倒在地，可这小子居然和徐达战了这么多的回合还不倒下，从招式上看徐达并没有让着这小子，反倒是这小子在有意让着徐达，莫非他真的有些能耐？想到这儿朱元璋便决定让他们再比试一下兵器。

"住手！"听到朱元璋的命令后，徐达和常遇春两人便停止了打斗。

"大帅有何吩咐？"常遇春和徐达两人同时拱起手臂向朱元璋问道。

"你们俩在拳脚上难分高下，不如试一试比比兵器如何？"徐达一听这话便乐了，因为使兵器可是他的强项，他随朱元璋一块儿征战沙场这么多年，凭着一杆鎏金枪杀得元兵鸡飞狗跳，用来对付这小子肯定也不在话下；看来朱大帅是有意要让他赢过这小子了。

"使兵器可是我的强项。来人啦！快把我的錾金枪拿来。"

"是，将军！"等到一名士兵把他的錾金枪抬来并递给了他之后，徐达拿起他的武器对常遇春说："小子，敢不敢拿起武器与本将军斗上几个回合？"

常遇春十分淡定地说："当然敢，实不相瞒，小民也是使枪的。"说完，他用脚把刚才扔在地上的长枪一钩便把枪直接握在了手上；接着两人便开始比试兵器。徐达的枪法变得快而凌厉并且招招致命，常遇春接完三十招后便开始有些招架不住了，他从心底暗自赞叹道："不愧是征战沙场的老兵油子，枪使得竟如此之厉害。"他见枪法上占不到多少便宜，于是便决定使出他的常家枪法，也许还能有几分制胜的把握。当他刚使出常家枪法第一招的时候，徐达便已经认出这是常家枪法。他刚接过常家枪法第一招的时候便问道："你怎么会常家枪法？敢问常如海跟你是什么关系？"

"这你不需要知道，先赢过我的常家枪再说。"说罢，常遇春便开始主动攻击徐达。朱元璋则站在一旁嘴里重复念叨着徐达刚才提到过的这个名字。"常如海？这个人我好像在哪里听说过。"

站在朱元璋身旁的军师刘伯温说道："常如海乃江湖上的一位武林高手，他自创的一套三十六路常家枪法独步武林；此人向来独来独往并不曾收过任何弟子。不过近年来，在江湖上再也没有听说过这个人的消息。"

"哦！是吗？看来这小子可是大有来头呀！"听完朱元璋的

话后，刘伯温向朱元璋提议道："大帅，我看此人具有将相之才；此人虽然行为鲁莽，但他的武功不在徐达之下，而且在下看得出他是真心诚意要投奔大帅，不如大帅将他收入麾下；假如大帅若能得此良将，我军定能百战百胜，所向无敌；他日也定能推翻暴元，成就霸业，早日还原我大汉江山。"听完刘伯温的话后，朱元璋笑道："哈哈哈哈！军师所言甚是。不过，我想看看他能否赢过我手下的第一猛将？"此时的常遇春依然在和徐达进行打斗，他已经使出了三十五路常家枪法，把徐达打得茫然不知所措；他的招式攻中带守，守中带攻，攻的时候像是在防守，防守的时候又像在进攻，徐达一时之间不知该如何破解他的这些怪招。当常遇春使出最后一招常家枪法的时候，徐达判断试着拿枪一挡却发现常遇春攻击的方向不对，当他还没有回过神来的时候胸口突然之间挨了常遇春一脚，接着，他便被常遇春踢倒在了地上。

"好！"朱元璋顿时高兴地为常遇春喝彩道，"好身手，看来你确确实实有两下子，连我的第一猛将徐达都不是你的对手。"听完这话后，刚刚从地上站起来的徐达一时之间羞愧地低下他那高贵的头颅。

"敢问阁下尊姓大名，家住何方？"

常遇春立即拱手向朱元璋回答说："在下常遇春，乃安徽省怀远县人士。"

"原来你也是安徽人呀！看在你我乃安徽老乡的分上，我就正式把你收留在我身边。"常遇春听完这话后激动地跪在地上，然后抱紧拳头对朱元璋说："谢大帅收留，常遇春一定永远追随大帅，赴汤蹈火，万死不辞！"

"哈哈哈！请起，请起！"说完，朱元璋双手拉起了跪在地上的常遇春。这时候，朱元璋的军师刘伯温问了常遇春一个问题："请问常公子，常如海到底是你什么人？"

"难道先生认识我义父？"

"我只是听说过常如海的名声，听说他武功了得，自创了一套常家枪法天下无敌。"

"哦！我明白了。"常遇春恍然大悟道，"常如海乃我授业恩师，又因我跟他同姓所以便收我做他的义子。十三年前，因我曾经救过他一命，他为了感恩便收我为徒，并且传授我常家枪法。"

"哦！原来这样！那令师现在身在何处？"

"义父在传授我常家枪法之后，因看不惯蒙古鞑子欺压我汉人百姓，便独自一人，夜闯元兵军营刺杀蒙古王爷特业穆，结果因寡不敌众被元兵所杀。"

"哦！原来是这样，怪不得近年来不曾听到令师的任何消息。"这时候，刚才一直感觉羞愧又沉默不语的徐达终于说话了，他走到常遇春跟前拍打着常遇春的肩膀说道，"哈哈哈，我可是第一次被人这样打败过，我今天输得是心服口服，改天你教我几招你的常家枪法，有机会咱俩再切磋切磋。"

"好，我正有此意。徐将军征战沙场杀敌无数，在下是因为打不过将军才使出了常家枪法所以才侥幸取胜，将军也不必把今天的比试放在心上。"见到常遇春和徐达两人这般友好，朱元璋也感到很是高兴："你们俩不必这么互相客气，大家都一样是我朱元璋手下的得力干将。今晚我要设宴，欢迎常遇春加入我的队伍之中。"就这样，常遇春便弃盗从良，成为朱元璋身边的又一员猛将。

元至正十九年，也就是1359年，朱元璋率军攻占了浙江金华，不知不觉间常遇春追随朱元璋已经有四年之久。在这四年的追随生涯当中，常遇春和朱元璋手下的其他几员大将相处得都很融洽，他还娶了朱元璋手下的另外一员大将蓝玉的姐姐做老婆，并且生下了前文中所提到过的常茂、常升、常森这三个儿子。在打仗期间，他作战勇猛，常常一个人披挂上阵，在千军万马中如入无人之境，杀得敌人片甲不留，以至于让后来许多贪生怕死的敌人见了朱元璋的军队或是不战而降或是弃城逃跑。从此，朱元璋便开始越来越器重和信任常遇春。拿下金华后，朱元璋命令常遇春进兵攻取衢州。常遇春率部下一路杀将而来，首先攻取了龙游城，占领了龙游城之后他率领骑兵、步兵、水兵三军兵临衢州城下，把衢州城给死死困住。当他亲临衢州城下时，只见城垣壁垒森严，固若金汤，好像很难攻破的样子。于是他对他身边的一名部下说："此城高耸入云，固若金汤，若将此城拿下必将吕公车、仙人轿、长木梯、懒龙爪等攻城器械全都用之，我要你造的这些攻城器械造好了吗？"

"回禀将军，器械在两天前就已经造好了。"

"很好，现在传我口令，把所有攻城器械都给我准备完毕，开始攻城。"

"末将遵命！"

过了大约一个时辰，常遇春便命令他的军队攻城。在进攻衢州城这场战役之中，双方将士损失都很惨重，尤其是正在城下攻城的军队，面对着从城墙之下投掷下来的巨石和飞箭令常遇春的军队死伤过半；而常遇春两天前下令建造的吕公车、仙人桥等攻城器械在这场城池攻坚战中发挥的作用并不算太大。面对着常遇春军队的猛烈进攻，守城敌将伯颜不花的斤凭借坚固的城垣用束苇灌油烧，驾千斤秤钩懒龙爪，用长斧砍木梯，筑夹城防穴道；常遇春见势不妙便下令鸣鸡收兵。停战之后，常遇春探望了因这场城池攻坚战而受伤的士兵，看到这些正在痛苦哀号的伤兵，想到衢州城尚未被攻克，他的心顿时如同刀割一般的绞痛。他情不自禁地对伤兵们说："没有拿下衢州城，却让这么多弟兄受了伤，常某愧对你们呀！"一位伤兵听了常遇春的话后顿时被感动得痛哭流涕，而另外一名伤兵则对常遇春说："将军礼贤下士，对部下体贴入微，我等愿意誓死追随将军。"接着其他所有伤兵也全都异口同声地喊道："誓死追随将军！"这时候，有一小兵前来向常遇春汇报："报告大将军，有一壮汉前来求见。"听到汇报后，常遇春便二话不说接见了这名壮汉。在大帅的营帐内，常遇春此刻正在帐内和那名壮汉谈话。

"你是何人，为何要来见本将军？"

"小民住在衢州城，得知将军此乃正义之师，所以特意前来投奔将军，并献上攻城良策。"

"攻城良策？"说到这儿的时候，常遇春沉默了一阵子，因为他担心这个人可能是敌军派来的奸细。

"你为何要背叛衢州守军又为何前来投奔我，你马上给我从实招来，否则本将军就认定你是敌军的奸细。"那名壮汉听完常遇春的话后没有再说什么，他十分坦然地脱去他的上衣，一丝不挂地把自己的上半身裸露在了常遇春的面前对常遇春说："小民乃衢州城的居民，在城内以卖菜为生，只因那守城将士伯颜不花的斤看上了我家夫人，并把她强行带入府中任意凌辱，最后我夫人因不堪忍受，回到家后便悬梁自尽。后来我因一时之气来到伯颜不花的斤府中找他进行理论，谁知理论不成反被他鞭打然后把我逐出府外。"说到这儿时，那名壮汉的眼泪悄无声息地落在了他那张俊俏的脸颊上。接着他转过身对常遇春说："将军请看。"常遇春定睛一看他的后背，只见后背上尽是一些被皮鞭抽打过的痕迹，看得他顿时触目惊心。当常遇春过目之后，壮汉立即转过身捡起脱在地上的上衣一边穿衣一边对常遇春说："现在将军该相信小民了吧！"望着他脸上那充满着无助的表情，常遇春似乎看到了壮汉心中那股复仇的怒火，他觉得眼前这个壮汉肯定不是敌人派来的奸细，便打心眼儿里相信了他。

"好吧！本将军姑且就相信你一次，请问你叫什么名字？"

"小民姓于单名一个吉字。"

"好，那于兄弟，你就说说你的计策吧！"对于眼前这位如此亲民的将军于吉心里顿时有种说不出的感动。"将军竟然称呼小民为兄弟，小民愿意助将军攻破此城。"接着，他便把攻城的良策一字不漏地说给常遇春听。

到了夜晚子时，当衢州城上的元兵已经睡着的时候，于吉带着化装成元军士兵的常遇春和他的那五十几名常家军将士，偷偷地来到了城墙脚下的一个密道入口，于吉就是从这儿偷偷地溜出城去投靠常遇春的。说起常遇春手下的常家军那可称得上是一支精锐部队，类似于今天的特种部队；常家军已经组建了两年之久，士兵们都是经过常遇春精心挑选出来的，单兵素质极高并且个个都会使常家枪法；虽然常家军的总数才只有五十人，但个个都具有以一当十的作战能力；主要从事潜伏、暗杀或获取敌人情报、伪装等一系列特务活动；他们擅长使用暗器，常常打得敌人措手不及，只听命于常遇春一人；有点类似于朱元璋后来创造的锦衣卫。当于吉带着常遇春和他的常家军成功地从密道穿过城墙时，于吉向常遇春指出了敌军在城墙上架起的抛石机、弓箭等一系列守城器械的所在地；之后，他便带领一批常家军去找伯颜不花的斤报仇。紧接着常遇春和他的常家军便开始行动起来，他们偷偷地溜至城墙把睡梦中的守城士兵全都杀死，毁掉了敌人用来守城的所有器械，做完这些之后他们便闯入守城士兵的兵营把那些夜晚值班的敌军士兵统统暗杀掉，接着把在兵营中睡觉的守城士兵也统统暗杀了，做完这些之后常家军便打开了城门，把正在城门外等候多时的常遇春的攻城部队放了进来；就这样，常遇春在于吉的帮助下顺利地攻入衢州城。而此时，在衢州城守军将领伯颜不花的斤帅府内，有个人带领着一批常家军杀入府中，扬言要活捉伯颜不花的斤，这个人就是于吉。在常家军的保护下，他拿着一把大刀胡乱挥舞着大声喊道："伯颜不花的斤，你这狗贼，快出来受死！"这个时候，一个身影从府内破门而出，此人正是伯颜不花的斤；只见他手里拿着一把剑，脸上露出一丝仇恨的表情。

"你这狗贼，本帅当日真不该放过你，想不到今天居然会栽到你手里。"于吉听完伯颜不花的斤的话后,冷笑道:"哈哈,想不到你也有今天吧!当年你霸占我夫人害得她悬梁自尽,这笔账我现在终于跟你算清楚了;我要用我这把刀砍掉你的脑袋,为我死去的夫人报仇。"

"哈哈,就凭你?"说完他拿起剑就向于吉刺过去,但很快便被几名身怀高强武艺的常家军给制伏了;紧接着,于吉拿着手上的刀"唰"的一声就砍掉了伯颜不花的斤的脑袋。于吉用毛巾抹去了刀上伯颜不花的斤的血迹,自言自语地说:"夫人,你看到了吗?为夫为你报仇了。"这时,他突然把刀架在自己的脖子上哭泣着说:"为夫现在过来陪你。"当他打算要自杀的时候,手上的刀突然间断成了两截,他抬头一看,原来他的刀被常遇春手里握着的枪劈成了两半,但是常遇春的挽救并没有动摇于吉自杀的念头。

"将军为何要救我?"

"你这又是何苦呢?"

"我夫人已死,现在我又报了仇,我对世间早已没有任何牵挂,情愿一死了之。"

"可是你的夫人愿意看到你这样吗?身为男子汉,应当报效国家,舍生取义,假如天下的所有男人都像你这样,为一点小事,动不动就要寻死,那汉人的天下岂不是永远要被蒙古鞑子霸占,何以复兴我大汉之江山?"常遇春的话顿时让于吉感觉醍醐灌顶,使于吉立刻放下了轻生的念头;他立马放下刀跪倒在常遇春的面前说道:"将军所言极是,于吉万万不该有此杂念。多谢将军当头棒喝。"

"请起，请起！"常遇春扶起跪在地上的于吉笑着说，"哈哈，这才像个男子汉，你能助我攻破此城，本将军看得出你还有一番作为。这样吧！从此以后你就留在我身边替我出谋划策吧。"

　　"于吉正有此意，实不相瞒，于吉自幼饱读兵书，对兵法略知一二，只因看透了蒙古鞑子侵占我大汉江山不愿意做他们蒙古人的官，所以便放弃名利以卖菜为生。"

　　"看来本将军没有看错人，你果然是个人才，他日我主公朱元璋若是能够推翻暴元还原我汉室江山，我一定保举你为文官，为我汉人王朝效力。"于吉听到这话，顿时感动得热泪盈眶，他再一次跪在地上礼貌地用双手抱紧拳头说道："于吉愿为将军鞍前马后，赴汤蹈火，万死不辞。"到了第二天清晨，常遇春下令把伯颜不花的斤的头颅挂在城墙上，任由衢州城内的老百姓对其辱骂，并命令他的部下不许骚扰老百姓，违令者当场斩首；又命令他的士兵们打开伯颜不花的斤帅府的粮仓，把所有他以前搜刮过来的粮食全都分给饥民。常遇春攻取衢州城后，立"金斗翼元帅府"，设元帅和枢密分院判官，元朝在衢州的统治势力从此荡然无存。

　　时间又过去了一年，到了元至正二十年也就是 1360 年。朱元璋遭到西面另外一支起义军陈友谅大军的威胁。此时的陈友谅已经自立为大汉皇帝，率领号称六十万大军的军队气势汹汹地向着东面朱元璋所控制的区域袭来；而朱元璋东面的张士诚则十分安分地坐在一旁，等着坐收渔人之利。为了不让元兵趁火打劫，从北面偷袭，在刘伯温和李善长两人的提议下，朱元璋假意归顺朝廷，请求朝廷册封他为"平乱大将军"助朝廷清剿各路反贼。早在 1357 年，陈友谅就已经控制了他主公徐寿辉的军队；然而就在徐寿辉率军准备东征朱元璋的途中，这位野心勃勃的贼子突然间中途叛变，杀害了他主公徐寿辉，自己领导军队向朱元璋袭来。

面对着陈友谅那号称六十万大军的军队，朱元璋心里似乎并没有赢得这场战争的把握。他整日整夜把自己锁在房里闭门不出，恐惧几乎占据着他此刻的内心。而他的这一情况让常遇春也感到十分的焦急，身为武将的他并不惧怕陈友谅那六十万大军，只是因为这场战争还没有开打，主公就已经怕成了这个样子，这不明摆着是在向陈友谅认输吗？不战而屈人之兵，这样的结局让常遇春多多少少都有些心有不甘。在朱元璋的其他部下对他多次劝说无果后，常遇春终于开始忍受不了了。他十分生气地擅自闯入朱元璋住房的大门口处破口大骂道："朱元璋你个缩头乌龟给我滚出来！"他的这一骂把徐达、刘伯温、汤和、蓝玉、李善长他们吓得胆战心惊，他们担心朱元璋会因为一时生气而杀了他，所以全都跑过来阻止常遇春。"常将军，你不要命了，连大帅都敢骂。"李善长说道。

"我常遇春早已将生死置之度外了，他算什么大帅，连陈友谅那区区六十万大军就能把他吓成这样。"这时候，徐达连忙用手捂住常遇春的嘴说道："兄弟，听大哥一句劝，大帅骂不得，小心你人头落地。"可是常遇春根本就听不进徐达说的任何话，他一把推开徐达继续骂道："朱元璋，你这个孬种、懦夫、胆小鬼，算我常遇春当初瞎了眼，跟了你这么一个窝囊废；我常遇春跟了你打了这么多年仗从没败过，你让我常遇春向陈友谅这个卑鄙小人投降，你做梦！"

"常将军，快住口，不许你对大帅无礼！"刘伯温说道。

"他就一懦夫，不配做我常遇春的大帅，陈友谅那区区六十万大军算什么，我常遇春率领十万大军就能把他打得落花流水，横行于天下。"这时候，朱元璋突然间从屋内推开房门冲了出来，脸上挂满了愤怒的表情。此时此刻在场的所有人都为常遇春惊出一身冷汗。

"常遇春，你好大的胆！"朱元璋用手指着常遇春，眼睛瞪得像两个小酒杯的杯底，额头上顿时冒出了几根青筋，看来他已被常遇春给激怒了。接着他便向他的手下命令道："来人啦！把常遇春给我拖出去斩首！"当他的两名手下正要对常遇春动手的时候，军师刘伯温立即拦住了他们。"大帅，且慢！陈友谅的军队马上就要袭来，如今正是用人之际，倘若大帅因为一时之气杀了常将军，在下恐怕军中没人肯服大帅，到时候陈友谅势必会离间大帅和部下之间的关系。以在下之见不如让常将军戴罪立功征伐陈友谅，以化解他对大帅的不敬之罪。"刘伯温刚说完，徐达也跟着他一块儿向朱元璋求情道："军帅所言甚是，请大帅三思。"接着，其他人也都跟着一块儿求情："请大帅三思！"朱元璋到底是个做大事的人，他断然不会因为这点小事而杀了常遇春这样一员猛将，他就等着别人向他求情好给他自己一个台阶下。"罢了罢了，既然你们都为他求情，那本帅姑且就饶过常遇春。"

"大帅英明。"刘伯温、徐达等人异口同声地说道。接着朱元璋又说了一句："你们现在全都随我到大厅去商议如何对抗陈友谅。"听完这话后，常遇春高兴地说："大帅真的回心转意要同陈友谅决一死战了吗？"

朱元璋很是风趣地说："是呀！如果不和他决一死战，那我岂不是真的如你所骂的变成缩头乌龟了，就真的不配做你常遇春的大帅了，是吧！"常遇春听完这话后便面带微笑且又羞又愧地低着头，没有再说什么。于是，朱元璋接着说："你刚才说如果给你十万大军你就能横行天下是吧！好，那本帅倒要看看你有没有那个本事。"想不到，常遇春刚才对朱元璋的那顿骂果然奏效；他让朱元璋成功地克服了对陈友谅那六十万大军的恐惧，并且下定决心要同陈友谅决一死战。

与此同时，在陈友谅大军的军营内，陈友谅也在和部下们商讨着对付朱元璋的办法。"我陈友谅拥兵六十万，朱元璋区区那三十万大军怎么可能抵挡得了我，明日午时率领十万水军越过池州。攻占太平，夺取采石，并派人和张士诚联系，上下夹击，一举歼灭朱元璋。"说罢，陈友谅拿着一支短竹竿指着挂在军营中的作战地图。他身边的一员大将张定边说："汉王这次一定能旗开得胜，马到成功。不过，朱元璋手下也是猛将如云，尤其是那个常遇春，打起仗来几乎是所向无敌，此人文武双全，善用兵法，追随朱元璋身边多年来从未打过败仗。"

"常遇春？"听完张定边的话，陈友谅顿时对常遇春这个人产生了浓厚的兴趣。

"我若是能把这个人收到我的麾下那就再好不过了。"

"汉王若想把此人收到您的麾下可没那么容易。"

"为何？"

"因为此人乃是一名忠义之士，他一心一意只效忠于朱元璋一人并且从无二心，若想把他收到您的麾下那简直比登天还难。"陈友谅听完这话后，立刻便笑了。

　　"哈哈哈，只要我率军打败了朱元璋，那么他的部下就会向我陈友谅投降，区区一个常遇春也自然不在话下了。"到了次日午时，陈友谅的大军便开始进攻池州。然后让他万万没想到的是，第一次开始和朱元璋交手的时候就碰上了常遇春这颗大钉子。当陈友谅大军正在全力猛攻池州时，埋伏在六泉口的常遇春突然冲出来包抄陈友谅大军的后路，池州城的守城将领徐达突然间打开城门和常遇春率领的军队一起前后夹击，把陈友谅攻打池州的军队杀得片甲不留，无奈之下陈友谅只好率军败走九江。池州攻城战役失败后，陈友谅大为震惊。"想不到这个常遇春居然这么厉害，看来我低估了朱元璋的实力。"说完后，他把目光投向了他的心腹大将张定边，"张定边，你说说该怎么办？"张定边胸有成竹地回答说："依微臣之见，汉王应当率领精兵于子时偷袭池州城。"

　　"偷袭，为什么？"

　　"汉王您想想，常遇春既然用计打败了您的攻城军队，配合徐达守住了池州城，他肯定不会想到您敢再次攻打池州城，不如我们趁夜晚的时候打他个措手不及，这样池州城就又重新回到我手。"

　　"好。"陈友谅听完张定边的计策之后，兴奋地说，"此乃妙计也。"于是他便下令率领精兵于今夜子时偷袭池州城。池州城战役胜利之后，常遇春回到军营向他手下的谋士于吉炫耀了这次战斗的胜利。"想不到这次战斗进行得那样顺利，于吉你果然足智多谋，你让我在六泉口设伏配合徐达守城，想不到一下子就打败了陈友谅的攻城军队，常某佩服，佩服。"可谁知道于吉听完常遇春的一番表扬之后，不但没有感到高兴，脸上反而露出了一丝不安的表情。常遇春见状后连忙问道："于兄弟，你怎么了？"

于吉回答道："你太小看陈友谅了，事情远远没有你想的那么简单，而且我料定陈友谅子时肯定会来偷袭。"当常遇春听完这话后便笑了："于兄弟也未免太杞人忧天了吧！陈友谅既然被我打败，他应该不会再来偷袭了。"常遇春虽说英勇善战，可他毕竟就是一员武将，岂能读懂谋士的心思。

"将军切莫轻敌，我建议将军快点率领精兵赶往九华山下设埋伏，陈友谅派来偷袭的军队肯定会经过那里。"听完于吉的建议后，常遇春不敢再怀疑于吉的判断，当晚便下令他的五千精兵和五十名常家军连夜赶至九华山下，设下埋伏。到了夜晚子时，埋伏在九华山下的常遇春和他的军队果然看见陈友谅派来偷袭池州的军队。于是他下令冲上前去伏击陈友谅的军队，两军之间展开了一场充满血腥味的肉搏战。由于常遇春还有他的五千精兵和常家军作战勇猛而且武艺高强，不一会儿就把陈友谅派来偷袭的军队杀得一干二净，只留下一个去给陈友谅报信的活口。

在陈友谅的军营内，不一会儿便传来了常遇春放走的那名逃兵的急促呼吸声。只见那名逃兵正急匆匆地冲向陈友谅的帅营。

"报告汉王，报告汉王。"当那名逃兵跪倒在陈友谅面前，陈友谅便问道："什么事？"

逃兵哭丧着脸回答说："我军派去偷袭池州的军队已全军覆没。"

"你说什么？"陈友谅大吃一惊问道，此时的他简直不敢相信自己的耳朵。当那名逃兵把刚才的话重复一遍之后，陈友谅顿时气得咬牙切齿，他当场拔出身上的佩剑亲手杀死了那名逃兵，血已经溅到了他那张充满愤怒的脸上，他愤怒地在帅营内仰天咆哮道："常遇春，我与你势不两立！"

就在陈友谅率军夜晚偷袭池州失败后的第二天，陈友谅率领水军数十万朝应天袭来，决定在应天城西北的龙湾与朱元璋展开一场恶战，企图直接攻取朱元璋的老巢以瓦解敌人的士气。经过好几天的奋战，陈友谅已经攻破朱元璋的采石、太平两座城池。面对着陈友谅那数十万来势汹汹的水军，此时的朱元璋并没有感到丝毫的畏惧，他正静下心来和他的军师还有武将们商议对策。在取得池州战役的胜利之后，他更是坚定了战胜陈友谅的信念和决心。

"据探子回报，陈友谅的数十万舰队正朝我方区域袭来，我方已经连丢采石、太平两座城池，现在我们的大本营应天府现在已经暴露在敌军面前；今日我召你们前来商议退敌之策，以保我应天府的安危。"朱元璋的话刚一说完，蓝玉便自告奋勇地开始发言了。他拱起手臂对朱元璋说："大帅，太平城乃我应天府之屏障，若失去太平城我应天府肯定成为陈友谅大军的鱼肉，末将认为，我军应当收复太平城以保我应天府的安危。"听完蓝玉的发言后，朱元璋什么话都没说，既不表示同意也没表示反对，只是坐在座位上沉默不语，好像在思考着什么。当他思考了一阵子之后便向他的另外一员大将徐达问道："徐达，你有什么好的计策吗？"

徐达也照着蓝玉刚才发言时的动作拱起手臂回答："末将认为大帅应该离开应天府退守钟山，以保周全。"听完徐达的发言之后，朱元璋摇了摇头并深深地叹了一口气，他终于开始发表他个人的意见。"你们两人的计策都行不通。敌人知道咱出兵，必以偏师击咱，以拖延、迟滞咱的行动！咱若主动向他挑战，他们必是不会轻易与咱交锋的，而半日之间他们的水师就可直趋应天城下。咱们的步骑兵若想回救，没一整天的工夫是回不来的。就算可以及时赶回，百里趋战，兵士疲惫，此为兵法所忌，非良策也；弃城而逃，则失去了虎踞龙盘的应天，失去了屏障，还会导致军心涣散。退守钟山，结局就和《三国演义》里的马谡一样，被敌人围困在山上好几天，士卒没有水喝，没有饭吃，那必是自取灭亡的道路。"

这时坐在一旁一直沉默不语的刘伯温开始说话了："大帅，在下倒是有一良策。"

"哦！说来听听。"

"是，大帅。"刘伯温拱手道，接着他就把他的计策说给了朱元璋听，"陈友谅已经连克我两城，想必他会骄傲自大，再加上他急于求胜，我们不妨采取诱敌深入、设伏聚歼的办法大破陈友谅。"

听完刘伯温的话后，朱元璋微微点了点头，他高兴地说道："此计甚妙也，军师不妨直说。"

"是，大帅。"说完，他开始详细地向朱元璋道出他的计策，"我们可诱使陈军巨舰由大江进入较窄的新河，舍舟登岸，以扬之长，迫使陈军舍长用短，诱使陈军登岸，再派几万精兵埋伏在岸边一举把陈友谅的登岸兵卒一举歼灭。"

"好，军师乃奇人也。"朱元璋高兴地把刘伯温夸赞了一番，"此计正合我心意。"说罢，他立马命令常遇春、徐达等人按照刘伯温的计策领兵埋伏，然而就在这个时候刘伯温突然间叫住了朱元璋："大帅且慢。"

朱元璋于是向刘伯温问道："请问军师还有什么事？"

"在下认为，要想引诱陈友谅的大军速速进入埋伏圈，需要一个人写信向陈友谅诈降。"

"是谁？"朱元璋问道。刘伯温轻轻用手捋了一把胡子面带微笑而又缓缓地说："康茂才。"于是，朱元璋便立即命令常遇春去把关在牢房里的康茂才给带过来。康茂才乃元朝降将，他早年聚兵保乡里，被元朝封为淮西宣慰使、都元帅，后来在一次战斗中被朱元璋打败，后率部投降了朱元璋。等到常遇春把康茂才从牢房里带到朱元璋的面前之后，朱元璋对康茂才说："知道我为什么要带你到这儿来吗？"

康茂才单膝跪地拱起手臂回答道："禀报大帅，属下不知。"

"你先起来吧！"

"是，大帅。"等到康茂才起身站立后，朱元璋便命令他坐下，然后对他说："康茂才，我知道你是陈友谅的老友，如今陈友谅大军正朝我方袭来，你是帮他还是帮我？你若帮我，我必然会给你一支军队派你去攻打陈友谅，只因你是他的老友，所以本帅又觉得这样做未免会伤了你与陈友谅之间的感情；倘若你一心向着陈友谅我也不便阻拦你，我会率领我的士兵一路护送你到陈友谅身边，等到兵戎相见之日我也绝不会对你手下留情。这两条路你自己选。"朱元璋之所以这样说是为了试探康茂才是否真心愿意归顺自己，因为诈降陈友谅这任务非同小可，假如康茂才不是真心归降，那么诈降陈友谅引他进入埋伏圈的计策就会功亏一篑，以陈友谅这样强大的实力，朱元璋很有可能会输掉整场战争。

康茂才听完朱元璋的话后，认真而又激动地说："康茂才愿誓死效忠大帅，绝无二心，赴汤蹈火，万死不辞。"听康茂才这么一说，朱元璋那颗悬着的心终于放下了。"好，本帅就等你这句话。"接着，他终于放心地将刘伯温的计策详细地说给康茂才听，并认命康茂才为秦淮翼水军元帅，镇守龙湾。就在康茂才镇守龙湾后的第二天，陈友谅便收到了一封康茂才写给他的信，当他读完康茂才的信后果然上了大当。"哈哈，连康茂才都背弃了朱元璋转而向我投降了，看来这场仗在没打之前就已经分出胜负了，朱元璋这次输定了。"说完，陈友谅便下令命他的大军快速向龙湾进发，等陈友谅率领他的军队到达康茂才在信中的约定地点江东桥后，却发现这江东桥并不是康茂才在信中写的独木桥而是坚固的铁石桥，陈友谅这才意识到他已经上了康茂才的大当。然而这个时候，天突然间下起了大雨。这时候，常遇春和冯国胜率领的伏兵分别从陈友谅大军的左右两翼杀出，陈友谅的军队还没有回过神来就遭到了常遇春与冯国胜伏兵的一阵乱砍；不一会儿，他的军队便被杀得溃不成军，伤亡惨重，一百多艘巨舰全部搁浅。无奈之下，陈友谅只好率领他的残兵败将拼命逃跑；不过，常遇春可不会错过这么好的一次俘虏陈友谅的机会，他和他率领参加伏击的常家军一起大声喊道："活捉陈友谅，活捉陈友谅！"喊声顿时响成一片。后来，在陈友谅手下那几名心腹大将的拼死保护之下，陈友谅最后还是跑了。朱元璋取得了龙湾大捷，打退了陈友谅的进攻，保住了应天府，龙湾之战就此落幕。由于常遇春在这场战斗中的出色表现，这场战斗结束后他被朱元璋提拔为行省参知政事。

龙湾之战失败后，陈友谅还不死心，依然执着地坚持着要和朱元璋争夺天下。他认为龙湾之战之所以会失败不是因为他个人的错误指挥，而是因为相信了康茂才这个卑鄙小人。这次，他把战场选择在鄱阳湖，决定在鄱阳湖用他那自认为强大而又不可一世的水军，来和朱元璋做一场决定胜负的较量。这是一场生存之战，它决定着双方之间的成败，也决定着双方之间的命运，谁要是赢得这场战争，谁必将成为主宰天下的霸主。

对于这场战争，陈友谅有着十足的信心和把握：其一，他拥有着当时世界上最为强大的水军，光他的巨型战船就有几十艘至几百艘，火力配备精良装备齐全；其二，因为这次是在水上作战，双方之间实力悬殊，陈友谅可以发挥他在水上作战的优势将朱元璋的水上部队一举歼灭，从而赢得这场战争的胜利。此时的陈友谅正站在那五层楼高的巨型战船上，披着披风和战甲瞭望前方率领他那号称天下第一的无敌舰队，向着朱元璋所控制的鄱阳湖水域方向袭来。面对着陈友谅强大的水军，朱元璋却面不改色，经过了池州、龙湾这两场战斗的胜利之后，他坚信即使陈友谅的大军早已兵临城下，他也是能够化险为夷并且反败为胜的。此时，在常遇春的将军府内，于吉也正在专心致志地画一样东西，常遇春好奇地凑到一边观看并问道："于兄，你在画什么呀！"

于吉一边画一边回答说："我在画陈友谅的战船。"

不一会儿，于吉便画好画，然后把画纸递交到常遇春的手中说道："将军，你把这个交到军师刘伯温的手中，然后告诉他要用火攻。"

"火攻？为何？"常遇春疑惑不解地问，于吉则并没有跟他解释，只是一味地要求把图交给刘伯温，"将军只管照我说的话去做就行了，我想军师会明白我的意思。"

在刘伯温的府中，刘伯温坐在书房中思考着对抗陈友谅无敌舰队的破敌之策，想着想着便慢慢陷入了沉思。正在这时，一名前来报告的士兵打断了刘伯温的思路。

"报告军师，常将军求见。"

"常遇春？他来找我做什么？"刘伯温自言自语道，"算了，先见一见他再说。"于是，刘伯温便向士兵传话，让常遇春进来。不一会儿，常遇春便进来了，他拱起手很是礼貌地对刘伯温说："常遇春见过军师。"

刘伯温向常遇春挥了挥手说道："常将军不必多礼，请问将军来找本军师所为何事？"

常遇春从他的袖子里掏出了一张于吉让他带给刘伯温的图纸回答说："这是我手下的一个谋士托我给军师带的地图，是他让我把这图交给军师。"

刘伯温接过图纸问道："这个谋士是不是就是你攻打衢州城时，助你破城又自愿投在你麾下的那位谋士于吉？"

"是，没错。"常遇春说完后，便想起了于吉向他交代的一件事，"于吉让我告诉军师一件事，对付陈友谅的舰船需要用火攻。"

"火攻？"

"军师打开图纸一看便知。"于是，刘伯温便照着常遇春的吩咐打开了图纸，当他仔细看过这张图纸之后，便完全明白了。他兴奋地对常遇春手下的谋士于吉赞美了一番："妙呀！简直是妙极了，居然能想到如此高明的破敌之策，为何我刘伯温就没想到呢？"

"哈哈哈……"这时，从刘伯温的书房外传来一阵清脆的笑声，只见一个人手持白扇，身穿青衫慢慢地走进刘伯温的书房，这个人正是于吉。"于兄，你是如何进来的？"

于吉淡然一笑回答说："此乃天机不可泄露。"

"你就是向我献图的那个于吉吗？"刘伯温用手指了一下于吉问道。于吉礼貌地拱起手回答说："正是在下，小人参见军师。"

"先生不必多礼。"刘伯温说完便邀请于吉坐下，他仔细打量了一番于吉的外表,禁不住赞美道："于先生果然一表人才呀！当年你助常将军攻克衢州城，现在又助常将军守住了池州城，又以五千精兵助其歼灭陈友谅那偷袭池州城的五万精兵，可真是功不可没呀！其实本军师早就听说过你的事迹。"于吉轻轻地抿了一口茶说道："军师果然料事如神，居然连这么小的事情都知道，在下若是跟军师相比还是差远了；军师三年前助大帅取得龙湾大捷，打败了陈友谅的百万大军，让大帅反败为胜，保存了自己的实力，这一点我于吉是远远不及军师你了。"

"哈哈。"刘伯温大笑道，"于先生你就不必过谦了，你我旗鼓相当，难分伯仲，又同时在为大帅效力，所以就没有必要在意区分高下了。"说完之后，刘伯温把图纸拿到于吉面前向他问道，"只是我不明白，于先生是如何得知陈友谅的大船是用铁链穿在一起的，又是如何能够把陈友谅的战船阵形画得如此清晰透彻的？"

"实不相瞒，在下有位朋友就在陈友谅的军中服役，这位朋友把陈友谅的船阵用书法写了出来，后用飞鸽传书寄送给在下，所以在下就照着我那朋友的书法把此图给画下来。"

"哦！原来如此。"刘伯温点了点头恍然大悟，接着他便回到自己的座位上继续说道，"那你的那位朋友又为何甘愿充当陈友谅大军里头的奸细为我朱大帅效忠呢？"

"因为朱大帅乃正义之师，我那朋友早就听闻朱大帅爱民如子，善待百姓，假以时日必成大器。而陈友谅为人心狠手辣弑杀主公，对百姓的剥削程度与蒙古鞑子没有什么两样，他绝对不是个干大事的人，所以我那朋友就愿意效忠于朱大帅。"

"看来我们主公得天下是众望所归呀！"刘伯温高兴地说，说完之后他继续开始分析那张地图。

"陈友谅的战船首尾相连，他是怕被风浪刮乱了阵脚，但是他犯了一个致命的错误，假如采用火攻从四面八方派遣火战船围而攻之，那么必能将陈友谅的舰船烧个精光。这条计妙呀！

妙呀！"说到这儿的时候，心中产生了一个小小的疑问，"只不过陈友谅的舰队攻击我方是自东向西，如果用到火攻那势必应当借助东风的力量，可是据我测算，近日西风不断，连续五天之内都是西风，采用火攻战术恐怕是行不通的。"听完刘伯温的话后，于吉胸有成竹地说："军师请放心，到了第三日陈友谅水军来袭的时候，在下担保必刮东风。"

"哦！你就那么肯定？"

"此事千真万确，倘若不刮东风，在下也不会向军师献上如此良策。"看着于吉如此肯定的回答，又见他的的确确像一名智者，刘伯温断定他应该不会信口开河。

"哈哈，既然你那么肯定三日后必刮东风，那么本军师姑且相信你一回，明日你随本军师去面见大帅，说说你的破敌良策。"

"军师，不必了。"

"于先生这是为何？"刘伯温很是疑惑地问于吉答道："在下随常将军打赢这场仗后，自会退隐田园，不再过问天下之事。"

"好吧！既然你不肯见朱大帅，那么我也不会再勉强你。"

"谢军师谅解，在下还有一事相求。"

"什么事？不妨直说。"

"是，军师。在下想恳请军师在大帅面前不要提及在下的名字，就说此计是军师想出来的，与在下无关。"

"这恐怕不行，我刘伯温不是那种夺人之功的人。"刘伯温斩钉截铁地说道。

"在下不过是一位书生，功名利禄在在下眼里，只不过是过眼云烟，假如军师坚持要对大帅说此计由在下所出，那么大帅就会不惜一切代价强行拉在下到他的麾下；在下刚才说过，打赢陈友谅后在下就会退隐田园，不想让大帅扰乱在下的清梦，望军师成全。"刘伯温见他这么坚持不肯见大帅，便只好答应了他："好吧，本军师依你。"

"谢军师成全，三日后必刮东风，军师只要依计行事就行。"说完，于吉拱起手一边弯腰叩拜一边很有礼貌地对刘伯温说，"在下告辞。"说着他便迈着轻快的步伐离开了刘伯温的书房，接着离开军师府邸扬长而去。

三日后，陈友谅的水军果然从东面攻来，站在舰船上的陈友谅还是那样自负、轻敌。他依然认为拥有这支庞大的水上力量就完全掌握了制胜权，殊不知一场惨败马上就要降临到他的头上。湖面上正刮着西风，他的舰船开得是越来越快，但陈友谅认为这是上天想让他快一点解决朱元璋。当他正得意的时候，一个人影突然间出现在了云端之中，只不过陈友谅和他的手下们却没有看到，在云端上站着的这个人居然是于吉！天哪！难道于吉是个神仙？他之所以知道陈友谅战船的阵形和用铁链连在一起的结构难道也是他站在云端之上看到的吗？于吉站在云端上将他手中的毛扇往右一挥，在鄱阳湖的湖面上突然间出现了一道浓浓的雾，使得陈友谅不得不下令将船锚抛下停在水中，以免撞上暗礁。

"这、这到底是怎么回事？"

"是呀！天明明是晴的，怎么突然之间出现这么大的雾呢？"

这个时候，于吉又把扇子往左一挥，鄱阳湖的湖面上突然之间刮起了东风。这阵风让指挥作战的军师刘伯温顿时感到一阵惊讶，他怎么也想不到，于吉三天之前所说的刮东风的预言此时已经变为了现实。而朱元璋在这个时候也感到了一阵惊讶。

"刘军师，你真是神机妙算呀！你说三日后鄱阳湖湖面上必刮东风，想不到还真的被你给言中了。"

朱元璋的话让刘伯温感到有点不好意思，因为他知道这预言其实并不是他说的，但是他又答应过于吉不能让朱元璋大帅知道有他这个人的存在，所以就只好吞吞吐吐地隐瞒着大帅说道："是……是呀！大帅。"朱元璋并没有看出刘伯温的心虚，他瞅准这一大好时机命令徐达率领几十艘火战船采取群狼战术冲向陈友谅的前锋舰队。当徐达的火战船趁着大雾冲向陈友谅前锋战舰的时候，前锋战舰的指挥官们由于船与船之间都被铁链锁着，所以还来不及命令舰队进行躲避，就被突如其来的那几十艘从四面八方袭击而来的火战船给烧了个精光。紧接着，朱元璋又命令在中军舰队里等候多时的俞通海立即集中大量火炮向进入射程的陈友谅军猛烈轰击，经过一个多时辰的轰击，陈友谅的前锋舰队几乎全军覆灭，二十余条战船被焚毁。朱元璋军旗开得胜，但陈友谅毕竟是陈友谅，他虽然骄傲轻敌，极度自负又刚愎自用，却毕竟不是吃素的，要不然他也没有本事能和朱元璋一争高下。在战争初期失败后，他及时整顿了舰队，发挥自己巨舰的优势，利用船只上的火炮对徐达军发动猛攻。在这次攻击中，徐达的战舰被击中，他不得不放弃旗舰，转移到其他船只上，暂时失去了对舰队的指挥能力。

这一切，让站在云端上的于吉看在眼里，又急在心里。因为他知道，作为一个神仙不能直接参与凡间的争斗，他只能用法力弄上一点儿大雾再加上一阵东风，然后就站在云端上静观其变。陈友谅军这时候趁机发动反攻，连续击沉朱元璋军几十条战船，朱元璋损失惨重，溺水死亡者不计其数，双方很快便进入了僵持状态。然而，更要命的还在后头，陈友谅已经亮出了他的王牌舰队，那就是张定边率领的一支战斗力超强的独立舰队，从侧翼向朱元璋舰队的方向袭来，张定边率领舰队直接冲向朱元璋所在的水军中锋。他率领的舰队锐不可当，以孤军冲进朱元璋水军中阵，看来这是陈友谅的围魏救赵之计，他故意让张定边从朱元璋在没有防范的情况下给他来一个致命一击。被惊呆的将领们纷纷缓过神来，立即指挥自己的战舰前去阻挡，张定边此时已被三十余条战舰围住，前无去路，后有追兵，在这些将领看来，张定边这次可是死定了，可让他们意想不到的事还在后面，张定边简直堪称一身是胆，身陷重围，孤军奋战，有万夫不当之勇。他率领的舰船越战越勇，竟然从重围中杀出一条血路，击败朱元璋水军中锋的各路将领，先后斩杀大将韩成、陈兆先、宋贵等人，把朱元璋的水军直接拦腰斩断，直奔朱元璋而来。然而正在这时，守候在朱元璋身边的常遇春冷静地说："大帅不要怕，就让我来搞定他。"接着，他径直走向船头向弓弩手借了把弓箭，来到瞭望军士身边，沉稳地对他说："不要慌乱，告诉我，哪个是张定边？"军士用手指向前方战船舰艏的那个人，常遇春猛然间拉起弓箭把弓拉成满月状，然后"嗖"的一声把箭射向张定边。没想到常遇春这一箭射得还真准，由于箭射出去的力度超强，张定边的心脏当场便被常遇春的箭洞穿，喷出一口血后当场死亡。张定边死后，他所率领的这支无畏舰队就像一只被拔掉牙的老虎，完全失去了斗志，不到一会儿就被朱元璋的中路水军和后路水军全部歼灭。朱元璋总算是松了一口气，刚刚缓过神来的朱元璋命令刘伯温继续用火战船趁着东风从两翼包抄烧毁陈友谅所有战船。经过几个时辰的奋战，陈友谅最后终于被朱元璋打败，朱元璋赢得了鄱阳湖之战的胜利。

失败后的陈友谅这回终于是彻底死心了，他已经没有能力再和朱元璋一争高下，只好命令他剩下的这批残兵败将在船桅上挂上白旗正式向朱元璋投降。自负和轻敌始终是他最致命的两个弱点，正是因为这两个弱点最终让陈友谅失去了所有他本该得到的一些东西，当他开始发现他自身弱点的时候一切都已经来不及了。

当陈友谅在他的战船上挂好白旗之后，朱元璋便命令常遇春登上一艘小艇驶向陈友谅的战船，去接受陈友谅的投降。当小艇已经划到陈友谅战船边的时候，常遇春用尽内力使出轻功纵身一跃，轻而易举地就跳到了陈友谅战船的甲板上，而跟随他的那两名受降使者则没有他的这身好功夫，只好顺着陈友谅的部下放下的绳梯爬到了甲板上。见到常遇春后，陈友谅礼貌地拱起手臂毕恭毕敬地说道："参见常将军，本王曾久仰将军大名，今日一见果然名不虚传呀！"而常遇春对于陈友谅的客套却并不怎么感兴趣。"那些客套话就不必多说了，我奉我主公之命前来接受汉王的投降。"说罢，他从随他一起过来受降的其中一位使者手中拿出一本降书说道："这是我们军师写好的降表，签完字后，汉王从此与我主公井水不犯河水。"听完常遇春的话后，陈友谅哈哈大笑道："常将军果然有胆有识，本王佩服，佩服，就请将军随我一块儿到桌上进行详谈。"说完，陈友谅用手指着甲板上他准备好的桌子和椅子，"常将军，请!"不一会儿，常遇春便随陈友谅一块儿坐了下来。接下来，常遇春便将降表递给了陈友谅，陈友谅便十分爽快地拿起毛笔在降表上写下了自己的名字，等他盖完章子之后便对常遇春说："常将军，友谅很早就非常钦慕你，友谅本想在打败朱元璋之后把将军收入麾下，想不到今日却败给了朱元璋。不过，今日得见将军本人之后，友谅此生足矣。"

"汉王不必多言，降表既然签好了，本将军希望汉王能够履行降表上的诺言，与我们主公井水不犯河水，本将军就此告辞。"当常遇春正准备急着离开的时候，陈友谅却站起身一把拦住了他："常将军，且慢，你以为你还可以活着回到朱元璋身边吗?"听完这话后，常遇春并没有感到丝毫畏惧，他十分淡定地说："你想怎样?"

"想怎样?"陈友谅说完一把夺过常遇春手上那本签了字的降表，然后一把扔入了河中，接着他命令弓箭手射死了那两名跟随常遇春一同而来的使者。然后拔起他身上的佩剑指着常遇春的胸口怒吼着说："我想留下将军的人头，既然将军不是我陈友谅的人，那我陈友谅也不会再让将军成为朱元璋的人。"见到这一情况之后，常遇春依然没有丝毫的畏惧，他淡然一笑，只是在为眼前这位早已穷途末路的卑鄙小人感到可怜、可笑而又可悲。

"哈哈，原来你只是一个让人感到可怜、可笑而又可悲的卑鄙小人，死在你手上只怕辱没了我常遇春一世的英名。"

"哈哈，只可惜你现在知道得太晚了。"当陈友谅正要把他的佩剑向常遇春胸膛刺过去的时候，忽然间天上又刮起一阵大风，把陈友谅的战船给吹得东倒西歪，把他船上的所有弓箭手全都给掀到河里，而陈友谅本人也被这突如其来的大风给刮得后退了几步。原来，这都是站在天上的于吉所施的一场法术，让常遇春捡回了一条命。常遇春急中生智，趁着这个机会巧妙地从陈友谅手里夺走了宝剑，然后用陈友谅的佩剑反过来指着陈友谅的胸膛。

"陈友谅，我本打算等你签完降表后放你一条生路，却没想到你竟然如此卑鄙，既然你不肯投降，那本将军只好把你生擒交由大帅处置。"当陈友谅听完这话后冷笑着说："我陈友谅绝不死在朱元璋的手上。"说完他猛地一冲，扑在了佩剑上，剑立刻刺进了他的胸膛，陈友谅嘴里涌出鲜血，微笑地看着常遇春。一代枭雄就这样命丧黄泉，而鄱阳湖之战也就此画上了一个圆满的句号。陈友谅死后，朱元璋把他的尸体葬在了湖北武昌，而他的儿子陈理则带领陈友谅剩余的部队主动归顺了朱元璋。大战结束后，常遇春回到了他的将军府，当他正想把战胜陈友谅的好消息告诉于吉时，却到处找不到于吉的踪影，只在一张客桌上找到了于吉留给他的字条。常遇春打开字条一看，上面写道："傍晚酉时，小树林见；有事相告，勿失信约。"

到了傍晚酉时，常遇春及时赶到了于吉约定见面的地点，也就是小树林，而于吉此时早已到达了他在信中所约定的见面地点。他还是穿着他向刘伯温献计策时的那件青衫，手持一把毛扇，仰望天空，风度翩翩，好似三国时期的智者诸葛亮，正背对着及时赶到约定地点的常遇春。

"于兄，你约我到这儿来有什么事吗？"于吉转过身面带微笑地对常遇春说："常将军，现在是时候告诉你我的真实身份了。"说完，于吉施展法术摇身一变，变成了一位白发苍苍的老者，穿着一身上古时代的衣服，手里还持着一把金色的钢鞭。见到这一情况后，常遇春顿时大吃一惊，于吉刚才那一瞬间的变化把他吓得目瞪口呆。不过，他的意识还算清醒，很快常遇春便意识到，站在他眼前的这位绝不是凡人，而是天上的神仙。

"请问你是哪路神仙？"

那名老者不慌不忙地回答说："我就是距今三千多年前，助武王伐纣的那位大周丞相姜子牙。"

听完老者的回答后，常遇春立马便惊呆了，一时之间竟被惊得说不出话来。而老者此时也已经看出了他的心思，他微微一笑继续向他解释说："常将军，你乃武曲星转世，玉帝派我下凡是来让我辅助你完成大业。当年你率军攻打衢州城的时候，我便认出你乃武曲星转世，所以便下凡间化为凡人于吉助你成就大业。"听完姜子牙的话后，常遇春用手指着自己的脸惊讶地问："你说我是武曲星转世？"

"嗯，正是。你是我当年在封神台上所封的众多神灵之一——武曲星。你的前世就是当年镇守游魂关，阻碍武王伐纣，最后被李靖大公子金吒杀死的窦荣，窦荣死后，被我封为武曲星。玉帝因不忍看到华夏子民继续被蒙古蛮夷所蹂躏，便派武曲星君下凡间投胎做人，来世拯救华夏百姓于水深火热之中；而我则奉玉帝之命下凡助武曲星君完成大业。如今，我已助武曲星君你打败了暴君陈友谅，朱元璋很快就要成为天下的霸主，我的任务已完成，接下来就要靠武曲星君你自己了。"姜子牙说完，常遇春立马跪倒在姜子牙面前，双手抱拳，情绪激动地说："武曲星君常遇春拜见姜太公大人，想不到姜太公追随我这么多年，我居然一点都没认出太公并非凡人，实在惭愧，惭愧。"

"哈哈，武曲星君快快请起。"姜子牙一边笑，一边扶起跪在地上的常遇春。

"武曲星君，如今天下已定，我得赶回天庭去向玉帝复命；等到你助朱元璋推翻元朝夺得天下之后，你也要赶回天庭向玉帝复命。"

"姜太公，这是为何？"常遇春问道。姜子牙则回答说："因为你待在凡间的时辰已经不多了，玉帝只给了你四十年的寿命，四十岁之后你的寿命将至，到时候我会接你去天庭复命。"听到这话后，常遇春心里顿时不免有种失落的感觉，他感觉玉皇大帝给他生存在这世上的时间实在太短了。但是一向乐观的他转念一想，觉得这四十年的时光玉皇大帝给得还是很值的，至少他知道他将来会助他主公朱元璋完成一统天下、推翻暴元、复兴华夏的使命，实现他自身的人生价值，这四十年的寿命对于他来说已经心满意足了。

"活得长活得短都不重要，只要我常遇春能看到我主公实现复兴华夏、一统天下的霸业，常遇春此生足矣！"

"哈哈哈，武曲星君心胸果然豁达。"姜子牙高兴地说，说罢他从怀里掏出一本金黄色的书塞在常遇春的手里，"这书名叫《武穆遗书》，是岳王爷托我把它交给你的。"

"岳王爷？可是当年的抗金名将岳飞？"常遇春猜测地问。

"嗯，没错，正是岳飞。"姜子牙认真地回答说，而他的回答让常遇春感到很不可思议。

"这怎么可能，岳王爷被奸臣秦桧陷害已经死了差不多几百年了，怎么可能还留在人世？"

姜子牙听完常遇春的话后大笑一声说："哈哈，岳王爷现在在天界生活得逍遥自在着呢。"

"莫非岳王爷死后登天了吗？"

"没错，没错！岳飞死后阎王爷因为他是忠义之士，所以不忍心让他下地府，就把他的魂魄送至封神台，请求我封给他一个神位。在玉帝的默许下我封他为北极天罡忠武天神大帝，如今他已位列仙班，在玉帝那儿担任天河值时司法监。他说他死后唯一一大憾事就是没有将他大战金兵时的战斗经历写成一部兵法，当他得知玉帝命令你武曲星君下界推翻暴元拯救华夏百姓之后，便写了一部兵法托我交给你，助你早日帮你主公完成统一天下的霸业。"

"武曲星君常遇春在此谢过岳王爷。"常遇春把书紧紧地握在手中，一边握着兵书一边双手抱拳这样说道。

"武曲星君不必多礼，本仙现在要回到天宫向玉帝复命。再过几年你主公将会推翻暴元，建立一个强盛的王朝，恢复汉人江山；我把我所知道的已经全部告诉你了，武曲星君请保重。"

说完，姜子牙便化作一缕青烟消失在人间，完全失去了踪迹，只留下常遇春一人望着天空，好像是在感受他曾经的好友于吉离去时的背影。

战胜陈友谅之后，朱元璋下一个要解决的对象就是张士诚，和陈友谅比起来，张士诚就要容易对付得多。元至正二十六年，即 1366 年 9 月，朱元璋命令徐达、常遇春率领二十万精兵，集中主力消灭张士诚。在征伐张士诚的过程当中常遇春一连攻下了通州、兴化、盐城、高邮等几座重要的州县，把张士诚的东吴势力赶出了江北地区。同年十一月，徐达和常遇春先后攻破杭州、湖州，接着便率重兵包围了张士诚的老巢平江。平江失守后张士诚被俘，解往应天，后来被朱元璋杀死。元至正二十七年，即 1367 年，朱元璋命令汤和为征南大将军，讨伐割据浙东多年的方国珍。后命胡延瑞为征南将军，何文辉为副将军进攻福建，方国珍投降。解决了张士诚和方国珍之后，朱元璋于 1368 年在南京称帝，国号大明，并废除元朝至正的年号，改元至正二十八年为大明洪武元年，正式建立大明王朝，开启了明朝长达 276 年的统治。这一年常遇春因功勋卓著被封为郑国公，朱元璋在钦定功臣位次时，把他排在了第二。

朱元璋在南京称帝的消息很快便传到了元顺帝的耳朵里，听到大臣向他汇报的这个消息之后，他顿时被气得够呛，当场便打掉了摆在龙椅右侧的琉璃盏；本以为他封了朱元璋做"平乱大将军"之后，朱元璋铲除了陈友谅、张士诚、方国珍，又溺死了小明王韩林儿这些反动势力是在为朝廷效力，却没想到真正的威胁居然就是朱元璋本人。他完全是被朱元璋当成猴一样地在耍，想到这儿，元顺帝在朝堂之上愤怒地用蒙古语咆哮道："朱元璋，朕上了你的当啦！"就在朱元璋在南京称帝建立明朝后的第六天，登上皇帝宝座之后的他，第一次以皇帝的身份在朝堂之上，当着文武百官的面在群臣面前下诏。

"朕登基以来，玉宇清澄，国泰民安；然，天上不可有两个太阳，天下间也不可存在两个皇帝。所以朕今日下诏，徐达为征虏大将军，常遇春为副将军统领二十五万精兵北上讨伐暴元，将蒙古鞑子赶出关外，恢复我大汉之江山，钦此。"等到朱元璋刚刚下完诏书后，常遇春和徐达两人立马同时从群臣的队伍里走出来，然后单膝跪拜在朱元璋面前异口同声地说："微臣感谢皇上的厚爱，臣等定当全力以赴，报效国家，吾皇万岁万岁万万岁。"接着两人便同时拜倒在地，而其他的文武百官也随着徐达和常遇春两人一同拜倒在地，嘴里边呼喊道："吾皇万岁万岁万万岁！"

就在朱元璋下诏后的第二天，徐达和常遇春率领大明王朝那二十五万精兵在朱元璋的亲自送别下离开了南京，踏上了讨伐元朝的征途。在讨伐元朝的过程中，常遇春熟读了姜子牙赠给他的《武穆遗书》，一路上奋勇杀敌，百战百胜并且越战越勇，在出师后的三个多月，他平定了山东，在洛水之北击溃元军五万，取得了塔儿湾大捷，占领了河南和潼关，夺取了陕西的门槛，对元朝的首都大都形成合围之势。洪武元年七月，常遇春和徐达率马步舟师由临清沿运河北上，连下德州、通州。八月二日，徐达、常遇春一举攻占大都，统治中国一百多年的蒙元王朝正式宣告灭亡。攻占大都后，常遇春在大都的城墙上亲自换下了元朝的国旗，插上了大明王朝的国旗，经历了他这一生中最光荣和骄傲的历史时刻。

讲到这儿，躺在榻上的常遇春已经用尽了从他肺里呼出来的最后一点力气，血再一次不安分地从他的嘴里涌了出来。此时的他已经再也说不出任何话，眼睛直勾勾地盯着帐顶一动也不动。营帐外那张毫无生气的"常"字旗早已不再飘荡，突然间它自动地降到了旗杆的中间处，仿佛在为某个人的死而默哀。常茂、常升、常森他们三个此时已经明白发生什么事了，见到这一情形之后三个人也没再说什么。在老大常茂的带领下，常氏三兄弟全都一块儿摘下头盔，跪倒在死去的父亲榻边，为先父送上最后一程。而常遇春的魂魄也在这个时候离开了常遇春的躯体，然后，慢慢地走出帐外。突然，天上刮起一阵狂风，一个人影脚踏五彩祥云从夜空中慢慢地降了下来，这个人正是来接武曲星君赶回天庭复命的姜子牙。当他乘坐五彩祥云降到半空中的时候，忽然间挥舞了一下手中的打神鞭，常遇春的魂魄在打神鞭挥舞的那一瞬间已经变幻成另外一个模样，确切地说，那已不再是常遇春的魂魄，而是玉帝派来下凡拯救苍生的武曲星君！

"武曲星君，速速归来，随我一块儿到玉帝那儿去复命。"

"武曲星君遵命。"说完，武曲星君纵身一跃，立马飞到了姜子牙踩踏的五彩祥云之上，然后随姜子牙一块儿踩着祥云飞奔到了天庭。

常遇春死后，徐达将他的遗体运回南京。朱元璋因痛失爱将，顿时悲痛不已，下令把常遇春的遗体葬于钟山之下，并亲自出奠。在出奠的过程中，朱元璋怀着极为悲痛的心情，写下了一首悼念之诗："忽闻昨日常公墓，泪洒乾坤草木湿。"又下令追封常遇春为"开平王"，并塑以将军像，让他永远受到后人的瞻仰和朝拜。

常遇春一生从未吃过败仗，由于那次在大骂朱元璋不敢迎战陈友谅的过程中，自言能率领十万军横行于天下，所以军中的人们称呼他为"常十万"，同时他又被后世之人称为"天下奇男子"。在朱元璋手下的众多名将当中，他是最为平凡的一个，但却又是最为出色的一个。在中国历朝历代所有开国名将中，常遇春应该可以和秦朝开国名将王翦、汉朝开国名将韩信、唐朝开国名将秦琼等诸多开国名将相提并论。论功勋和战绩，他绝不逊色于当时的开国名将徐达。论计谋和智慧，也绝不逊色于宋朝时期著名的军事将领狄青，还有抗金名将岳飞。但是历史往往与现实不同，他始终没能像其他的开国名将那样名留青史，而是被历史的车轮无情地碾压在长河中，他就像一颗在夜空中划过的流星一样，来时闪耀去时匆忙，犹如他生命一般的短暂。或许对于常遇春本人来说，他并不在乎名将头上的那道光环，因为他成功地帮助他主公朱元璋夺得了天下，实现了他人生的理想还有他自身的人生价值，这些对于他来说就已经足够了。

大明，这个以光明为称呼的伟大朝代，在绵延将近三百年的历史长河中为中国的科技、文化、教育、思想等方面的发展做出了十分卓越的贡献。我们的小说诞生在明朝，我们领先于世界数百年的航海技术诞生在明朝，我们领先于世界的内阁制度出现在明朝，我们第一次开始尝试热兵器完全替代冷兵器的技术革命也出现在明朝。明朝，让我们汉人找回了自信，即使面对着蒙古鞑子的再度入侵，倭寇对我国沿海地区的侵扰，满洲骑兵对我北方辽东边境的入侵，我们也毫不退缩和惧怕，还涌现出像李成梁、戚继光、袁崇焕这样的民族英雄，把那些入侵者一一击溃。朝鲜、安南、琉球、吕宋等小国心甘情愿地向我大明王朝俯首称臣，就连后来崛起的西班牙、葡萄牙、荷兰这三个海上霸权主义国家也要忌惮我们大明三分。明朝让我们中国人随着"西学东渐"的趋势，慢慢了解并且开始主动接触外面的世界，明朝让我们中国有了资本主义萌芽！要不是因为它过早灭亡和被清朝取代，在明朝带领下的中国或许可以比英国更早进入资本主义，实现工业革命和资产阶级革命，实行君主立宪，那么大明王朝也许真的可以像后来的英国那样与西方列强一同瓜分世界最后统一天下，到那时我们也许就该自豪而又高兴地说："我是大明的子民。"我们国家的命运或许真的会被明朝所改写，巍巍大明，它是我们每一个汉族人民心目中永远的骄傲，也是我们后世子孙所津津乐道的又一个伟大的王朝，它是我们汉人重新开始崛起时的伟大成就，也是我们汉人王朝当中最有骨气的一个朝代。"无汉之外戚，唐之藩镇，宋之岁币，天子守国门，君主死社稷。"绝不屈膝求和，绝不割地赔款，绝不对外和亲，绝不俯首称臣，这就是大明王朝的精神，也是我们汉人的骨气。

历史虽然忘记了常遇春，但常遇春为大明王朝打天下时做出的贡献是永远不可磨灭的。正是因为常遇春为大明立下万世之功，才奠定了大明王朝长达三百年左右的基业。假如没有常遇春这样的得力干将，单凭徐达一个武将的力量，朱元璋恐怕难以战胜像陈友谅这样的劲敌，那么中国的命运就有可能会被陈友谅所改写。历史选择了朱元璋，而常遇春造就了朱元璋，朱元璋的胜利则造就了整个大明王朝。

　　六百年的时光过去了，常遇春的事迹虽然早已被人遗忘得一干二净，但是他的后世子孙们依然会缅怀那位当年驰骋沙场、骁勇善战，为明朝建国立下不少汗马功劳的共同祖先。如今，常遇春的后世子孙早已遍及全国乃至世界各地，而我便是他后世子孙的其中之一。

百家姓

　　姓氏代表着一个家族的血脉和符号,在中国将近五千年的历史长河中,姓氏的出现和存在就占了差不多将近四千年。姓氏的起源最早可以追溯到人类原始社会时期,当时部落与部落之间为了生存和利益频繁发动战争,为了区别与其他部落之间的不同,部落的首领便以他本人的名字来为他统治的部落命名。到了母系氏族制度时期,中国的姓氏便开始正式形成,最早出现的姓氏一共有八个:姬、姚、妫、姒、姜、嬴、姞、妘。由于当时的中国处于母系氏族统治时期,所以最初的姓都是以女字为偏旁或底。随着人类社会的发展,母系氏族形成的社会制度逐渐被父系社会所取代,男人的权力和地位已经完全高于女性,氏族制度逐渐被阶级社会制度所替代,赐土地以姓氏的治理国家的方法和手段便产生了,姓氏的重要性也在这一时期开始受到了高度重视,已经由原来的八个姓发展到了一百多个姓。再后来,中国进入奴隶社会,夏朝的建立标志着阶级社会的确立。随着世袭制对禅让制的取代,家族利益已经在统治阶级的脑海中逐渐生成,而姓氏也因此变为了一个家族血脉的象征,到了封建社会时期姓氏代表着一个家族的观念更加深入人心。汉朝的开国皇帝刘邦,在建立汉朝之初就提出了"家天下"的思想。所以在汉朝以后的历代王朝当中,朝代更迭的现象层出不穷。

在姓氏将近四千年的历史长河之中，姓氏的演变也是一段充满着艰辛而又漫长的过程。据统计，中国现在的姓氏已经达到了四千一百多个，其中常见的姓氏就达到了三百多个。中国大多数的姓都是由上古时代的姬姓、姜姓等常见姓氏演变过来的，不过有些姓是通过别的方式来进行演变。如齐姓、鲁姓、宋姓是以春秋战国时期诸侯国的名称演变而来。裴姓、郝姓、欧阳姓是通过乡亭的名称演变而来。司徒、司马、司空则是通过古代官职的名称演变而来。除此之外，还有少数民族融入汉族并且逐渐汉化进而创造出来的汉族姓氏，比方说北魏皇帝拓跋氏改为元姓，叱卢氏改为祝姓，关尔佳氏改为关姓。除了演变之外，姓氏的传承也对现代姓氏的发展起到了重要作用。如汉朝的皇帝喜欢向有功的文臣和武将赐姓刘，唐朝的皇帝喜欢给周边归顺的部族首领赐姓李，明朝皇帝喜欢给他身边信任的大臣赐姓朱。所以到了后来，刘姓、李姓、朱姓就成为中国当代最为常见的姓氏。

中国的姓氏源远流长，它承载着中华民族上千年的传统文化，以不同的身份和方式寄托着我们后辈们对老祖宗的缅怀和尊敬。下面我就来介绍百家姓中的五种姓氏。首先我要介绍的是常姓，常姓在《百家姓》中排名第九十五位。它的起源一共有两种，第一起源于姬姓，第二据说是黄帝大臣常仪、常先之后。话说，周武王灭商之后，封其弟于康邑，世称康叔封。卫康叔姓姬，名封，是周武王姬发的同母胞弟，也是卫国的始祖。西周初期，诸侯国也跟着周朝大肆分封采邑，在此期间卫康叔就把他的一个儿子封邑在常国。后来，卫国被秦二世胡亥所灭，常国也跟着卫国一起灭亡，卫康叔的后代便以为常国为姓，历史学家都认为这是常姓正宗的起源。但是，在周朝以前，常姓就已经存在了，因此关于常姓起源的说法又有了第二种。那就是常姓源于黄帝大臣常仪和大司空常先之后，相传祖姓常氏在史籍《姓氏考略》中记载："黄帝大臣常仪和大司空常先，常氏当此出。"相传，在五千年前的黄帝时代，以常为氏的古人相当多，相传周族与商族的首领高辛氏次妃为常仪，以善占月之晦、朔、弦、望著名。在史籍《帝王妃》中说她是帝喾之次妃，生帝挚。因古代"仪"与"娥"同声通用，故后世传说的嫦娥奔月故事可能是由常仪占月附会而成。在史籍《史记·五帝本纪》中，记载有黄帝"举风后、力牧、常先、大鸿以治民"的记载，常先曾被黄帝任命为大司空，这是最早的常氏。清朝学者张满在《姓氏寻源》中记载："黄帝使常仪占月，又有常先为大司空，常氏宜出于此。"黄帝所居之轩辕丘，在河南省新郑市西北，帝喾的都城在今河南偃师市，所以中国最早的常氏出于河南。因此，常氏族人应该说在五千年前就已经有了，是河南常氏。除此之外，也有后来融入汉族的其他少数民族汉化之后改为常姓，例如满族觉尔察氏以地为氏，世居长白山、佛阿拉、觉尔察等地，另有清太祖努尔哈赤祖父的兄长德世库后裔在清朝中叶以后多冠汉姓为常氏、赵氏、孙氏、陈氏等。

在中国历史上，常氏家族出过很多位著名人物，其中最让我们常家人引以为豪的，就是当年随朱元璋东征西讨建立明朝的开国名将常遇春，虽然现在少有人会知道这个人，历史上也很少记载过有关他的事迹，但是在我们常姓家族人眼中，能出这样一号人物无疑是我们常氏家族永远的骄傲。在我小的时候，爷爷就对我说常遇春是我们常家人的祖先。据说在常遇春死后的数十年里，朱元璋的第四个儿子朱棣因为他侄儿建文皇帝的削藩制度起兵造反，最后攻破南京，从他侄儿手中夺得了皇帝的宝座。在靖难之役打响期间，常遇春的其中一个儿子，由于在建文皇帝手下做官并且帮助建文皇帝反对过朱棣，朱棣当上皇帝之后对他恨之入骨，便命令他的手下将其追杀，无奈之下他便带着他的家眷往西南方向迁移，并在湖北武昌境内安家，后来便定居在那里，而这个地方就是我们常氏家族祖祖辈辈生活的地区——常家湾。虽然我不知道这个传说到底是不是真的，但是我相信爷爷的话，虽然我没有查阅过有关我们常家湾的族谱，但我一直都坚信我们常氏家族确实是明朝开国武将常遇春流传下来的一支后裔。

第二个要介绍的姓就是罗姓，罗姓在百家姓中排名第七十五位，主要集中在四川、广东、湖南三省。其次分布于江西、云南、贵州、湖北、广西、重庆六个省市。罗姓的起源也有很多种说法，但是在汉人姓氏里头的出处和起源不像我们常姓那样子复杂。它的出处只有一种，那就是出自妘姓，为颛顼帝之孙祝融氏之后裔。"妘"为中国古代最早的姓氏之一。据典籍《说文通训定声》记载：邻、路、偪阳、鄅等姓，都是古时的妘姓国，始祖为祝融。祝融名黎，为帝喾时的火正，后人尊他为火神。因其有大功于民，能光融天下，帝喾便命曰祝融。祝融的后裔分为八姓，即芈、妘、斟、曹、秃、彭、董、己，在诸多史书中均称为祝融八姓。到了周王朝统治时期，祝融的后裔中有子孙被封在宜城，称为罗国。罗国在周庄王姬佗七年被楚武王熊通所灭，于原地另设鄢国，鄢国灭亡后；祝融的子孙就逐渐向南迁移，最初迁居到枝江流域，遂以故国名为姓氏，称罗氏。至周王朝末期又南迁湖南长沙地区。除此之外，古代的鲜卑族、突厥族，还有现代的蒙古族、苗族、布依族、土家族、瑶族中都有这个姓。罗姓名人也是人才辈出，其中就包括唐代文学家罗隐，宋代大画家罗存，明代大作家即《三国演义》的作者罗贯中，清代著名画家罗聘即扬州八怪之一，著名将领罗荣桓。

第三个要介绍的是陈姓，陈姓在《百家姓》中排名第十，是中国最常见的姓，也是中国五大姓氏之一。主要集中在中国东部地区，分布于全国各地。陈姓出自姚姓和妫姓，是舜帝姚重华的后裔。舜，也称虞舜，姓姚。据《通志氏族略》记载：周武王灭纣之后，建立周朝，找到舜的后人胡公满，封他在陈这个地方，建立了陈国。他的子孙后代从此便以国名为姓，这就是陈姓的由来。另外，也有古代少数民族改其族姓为陈氏。据《魏书·官氏志》记载：五代北魏鲜卑族原有三字姓侯莫陈氏，随北魏孝文帝迁都而至洛阳，在孝文帝实行汉化改革，改族姓时，于496年改为单姓陈氏。女真族的陈氏主要系女真皇族完颜氏所改，在金朝末期就已经形成。蒙古族的陈氏是由明朝开国皇帝朱元璋向已经投降的蒙古贵族所赐的汉姓。

而现代的少数民族当中，姓陈的人也有不少，例如国家民族委员会委员陈文兴、第五届政协委员陈批鲁等都是哈尼族的陈姓，广西民族研究所副教授陈衣、《优秀的传统建筑》一书的作者陈璃春是侗族陈姓，第六届人民代表、湖北人陈忠姓是土家族陈氏，贵州省民委副主任陈永康是布依族陈氏等，除此之外还有很多少数民族都有这个姓。在陈姓众多名人当中，有个人不得不提一下。他曾经创造过把他本人的姓氏和国家的名称重合的唯一先例。他就是南北朝时期陈朝的建立者陈霸先。梁武帝天监二年即503年，陈霸先出生于吴兴长城。548年讨伐图谋起事的广州刺史元景仲攻占州城番禺，同年由广州起兵北上参与讨灭侯景的战斗，552年光复建康。天成元年即555年，陈霸先袭杀王僧辩，立萧方智为帝，同年击败北齐进攻受封陈王。太平二年即557年代梁自立。他是中国历代王朝中唯一崛起于岭南和广州地区的封建皇帝。陈朝一共只有三十三年的历史，是南朝最后一个朝代。589年，隋朝取代北周之后，开国皇帝杨坚下令晋王杨广率领六十万大军攻占陈朝首都建康，生擒陈朝后主陈叔宝，陈朝就此灭亡。在陈朝统治期间，江南地区的经济曾经得到过一定的恢复。陈霸先刚刚建立陈朝当上皇帝后不久，便着重于发展江南地区的经济，励精图治，整顿吏治，注重农商，兴修水利，使江南地区成为富庶之地，百姓安居乐业，政治清明，已经达到了夜不闭户、路不拾遗的程度。他是南朝历代皇帝中难得一见的有为之君。隋朝刚刚统一全国后不久，隋文帝杨坚在陈朝统治区域的基础之上发展经济，国力大幅度提升，击溃了突厥，统一青海地区，这和陈霸先当年治理陈朝时为江南地区打下的基础是分不开的。除了陈霸先之外，陈氏家族在中国历史发展的长河之中，也出现过其他三个差一点就改变国家命运的重量级人物，如元朝末年曾经跟朱元璋争夺过天下的汉王陈友谅、太平天国的著名将领陈玉成。在新中国的建国史上，陈氏家族也立过不少功勋，在新中国的开国功臣当中就有不少陈姓领导人，如陈赓、陈毅、陈云、陈锡联、陈再道、陈奇涵、陈光等。如果要说近一点的话，在陈姓家族这支庞大的队伍当中，随随便便就可以在各行各业中找到几个著名的人物出来。例如植物学家陈焕镛，遗传学家陈桢，农学家陈凤桐、陈友康，电子学教育家陈章，电子学家陈芳允，香港歌手陈百强、陈慧琳，香港著名演员陈小春、陈国坤，台湾歌手陈信宏，内地演员陈宝国、陈道明、陈好。

　　接下来要介绍的是郑姓，郑姓在百家姓中排名第七位，是一个典型的多民族、多源流的姓氏，主要集中于浙江大部、福建北部、江西东部、安徽中部、江苏中部、上海、吉林。每平方公里的人口达到二点七到四点五人。密度最高的地区约占国土面积的百分之五点九。郑姓源自姬姓、子姓、姜姓及少数民族改姓等，来源的范围比较广。相传，周朝的郑桓公为郑姓始祖。周宣王的弟弟姬友的封地在郑国。公元前 375 年，郑国被韩国所灭。郑国灭亡后，遗民散居于京、制、祭、宋等地。为纪念故国，郑国人相继改姓郑，自此，郑姓诞生。然而，这种说法只是其中之一，郑姓除了出自姬姓之外，还出自其他几种姓氏，比方说姜姓。相传，周武王灭商之后，他封姜太公之子井叔于郑，以统治子姓郑人，史称西郑，古城在今陕西西凤翔县。后来周穆王夺西郑为下都，姜姓郑国灭亡，国人姓奠井氏，或姓郑井氏，亦即郑氏。还有一种说法是来源于子姓，出自商王武丁之子子奠之后，子奠也称奠侯，以主持祭奠用酒得名，为商朝一方国。公元前 1046 年，周灭商，子姓郑国也随之灭亡，周人迁子姓郑人到渭水上游，在今陕西宝鸡附近，后来他们为了纪念郑国便以国名为姓，即郑姓。除此之外，少数民族也有改其族姓为郑氏的，朝鲜半岛上的新罗国第三代国王朴儒理执政时期，开始仿汉制分封授姓，其中的珍支部被封为郑氏。蒙古族改郑姓属于帝王赐姓为氏，蒙古族宝里吉特氏，世居喀喇沁，清朝中叶以后所冠汉姓多为郑氏、宝氏、李氏、吉氏等。蒙古族正讷鲁特氏，世居察哈尔，清朝中叶以后所冠汉姓为郑氏。明朝弘治年间，知府陈晟把《百家姓》中开始两句的"赵钱孙李，周吴郑王"八个姓氏分别让当地的土司使用，哈尼族从此有了郑氏。后来，一些哈尼族人在与汉族的交往中，受汉文化影响，也在自己的名字前加上汉字"郑"，从此郑氏就成为哈尼族姓氏的新成员。郑姓名人，在中国史上也是赫赫有名的，在《中国人名大辞典》收入的郑姓历代名人当中就有四百九十四名，占名人总数的百分之一点零九，排在名人姓氏的第十五位。其中，郑姓著名文学家占中国历代文学家总数的百分之一点三一，排在第十二位；郑姓的著名医学家占中国历代医学家总数的百分之一点二三，排在第十八位。在郑氏家族中，有名望的名人主要有战国水利家郑国，西汉大臣郑吉，东汉经学家郑兴、郑众、郑玄、北魏书法家郑道昭，唐朝书画家和文学家郑虔以及大诗人郑谷等，都为郑氏家族的名人。在郑氏家族的众多名人当中，有两位必须提一提，第一个是明朝初年的航海家郑和，第二个就是明末清初的著名英雄郑成功。

郑和原名马三保，出生于明朝洪武四年即 1371 年，出身云南咸阳世家，是明朝时期最伟大的航海家。1381 年冬，明军进攻云南，十岁的马三保被俘虏至明营受宫刑变成太监，后进入朱棣的燕王府。永乐二年，即1404年，明成祖朱棣认为马姓可不能登三宝殿，因此在南京御书"郑"字赐马三保姓郑，改名郑和，任内官监太监，官至四品，地位仅次于司礼监。

1405年，明成祖朱棣为了进一步加强明朝同海外之间的联系，促进明朝同世界各国经济与贸易之间的往来，便命令郑和率领庞大的二百四十多艘海船、二万七千四百名船员组成的船队远航，从张家港出发，访问了三十多个在西太平洋和印度洋的国家和地区，加深了中国同东南亚、东非的友好关系。在航海期间，郑和凭借着他在航海、外交、军事、建筑等诸多方面的智慧和才能使得明朝在世界的重要地位得以展现，让世界各国被中国当时的科技文化以及航海技术所震撼，于是纷纷派遣自家的使节随郑和一同回到中国，学习中国的先进科技和文化。郑和下西洋的航线遍及大半个世界，从东亚地区的东海、南海到广阔无垠的太平洋，从西南亚地区的印度洋到亚非地区的大西洋，在此期间，他出访过爪哇、苏门答腊、苏禄、彭亨、真腊、古里、暹罗、阿丹、天方、祖法儿、木骨都束等国家，把中华文明传播到世界各地，也把外国物产引进中国，是世界航海史上的一次伟大的壮举，比以西班牙、葡萄牙、荷兰为首的西方国家的航海技术领先了数十年，堪称大航海时代的先驱。据史料记载，郑和下西洋一共有七次，而最后一次是明宣德五年（1431）十二月初六从南京龙江关出水起航，返航后郑和因劳累过度于明宣德八年（1433）四月初在印度西海岸古里去世，享年六十二岁。后来，由于明朝政府因为郑和下西洋而亏空了国家的经费，再加上明朝后期国力的衰败，使得明朝政府再也没有能力进行这样大规模的航海行动，中国开始走向了闭关锁国的道路。郑和之后，再无郑和。关于郑和下西洋的事迹，在中国民间还流传着很多故事。传说，郑和比哥伦布先一步发现了美洲大陆，香港学者钱肇昌就在他的新书《奇案1421》中指明了这一点，还有人说郑和下西洋的真正目的是寻找在靖难之役中失踪的建文皇帝朱允炆，至于这些传说是否真的属实已经不再那么重要了，因为对于我们中国人来说，我们真正在乎的是他在世界航海史上写下的那光辉灿烂的一笔。

郑成功是中国历史上一位伟大的民族英雄。他本名郑森，字明俨，早年帮助南明政权抵御清军的入侵，在南明唐王隆武帝统治时期被赐予国姓朱，更名为成功。因此人们又叫他国姓爷，又因为南明桂王永历帝封他为延平郡王，故而又称郑延平。郑成功的父亲名叫郑芝龙，是明末清初最大的海商兼军事集团首领，后来归顺明朝，接受招安就抚于福建巡抚熊文灿，率部降明，成为明朝的官员，率领原部为明廷守备沿海地区，防止海盗倭寇和荷兰人的进攻，率军讨伐其他昔日结拜的其他海盗力量，不久后便返回福建泉州南安老家，成为当地的首富。

1633年郑芝龙于福建沿海地区击溃荷兰东印度公司舰队，从此控制海路，收取各国商船泊靠费用，郑芝龙也因此富可倾国，俨然成之为闽南的领主与海上霸主，并对缴保护费给郑芝龙的商船给予郑家令旗，不缴费者如想经过郑芝龙的海域就会遭到被劫的命运。郑芝龙如此强横的态度使荷兰东印度公司在中国福建沿海范围内的运营受到了严重的阻碍，荷兰人便联合西班牙、葡萄牙两国的舰队进攻郑芝龙的舰队，欲将郑芝龙所控制的福建海域拿下，但是郑芝龙仍然持续扩张势力，并将荷兰人、葡萄牙人、西班牙人的军舰次次击败。从此通贩洋货的商船，内客外商皆用郑家的令旗，商贾约有二十倍之利，通商范围广及东洋、南洋各地：大泥、浡泥、占城、吕宋、北港、长崎、大员、平户、孟买、万丹、旧港、巴达维亚、马六甲、柬埔寨、暹罗。据估计，兵力有：包括汉人、日本人、朝鲜人、南岛语族、非洲黑人等各色人种高达二十万的军力，拥有超过三千艘大、小船只，成为华东与华南海洋世界的唯一强权。不久，郑芝龙应明朝政府的要求继续率军讨伐其他昔日结拜兄弟海盗在南海仅存的最大一股势力刘香，结果在虎门大获全胜名震福建，他因此被明朝政府提拔为福建水师提督。不久福建省内发生旱灾，郑芝龙提议载饥民移民台湾，并给予移民十分优惠的资助条件。台湾土地肥沃，因此而引发了汉人向台湾移民的高潮，这是历史上首次大规模有组织地由大陆向台湾移民。当时荷兰东印度公司统治台湾南部，在修筑热兰遮城、普罗民遮城两城，驻防近两千人，但大陆移民却多达数万。此外本地的贸易上在日本锁国之后只许中国人和荷兰人前往贸易，郑芝龙借由对日本的贸易因而更富。1644年明朝的首都被起义军首领李自成攻破，崇祯皇帝在煤山上自缢，统治中国长达二百七十六年的明朝正式宣告灭亡，同年四月山海关守将吴三桂引清军入关，将李自成赶出了北京。而在南方，曾经忠于明朝的那些汉族官吏为了不让清朝鞑子占据汉人江山，相继扶植前明藩王为帝建立南明政府，而郑芝龙便是其中之一。这一年，南明弘光皇帝册封郑芝龙为南安伯、福建总镇，负责福建全省的抗清军务。次年，郑芝龙、郑鸿逵兄弟在福州奉南明唐王朱聿键为帝，年号隆武，郑芝龙被册封为南安侯，负责南明所有军事事务，一时之间权倾朝野，短短几个月的时光，郑芝龙达到了他政治生涯的顶峰。虽然有理想的唐王想打回自己的老家北京，但他这位不太理想的部下却没有这个志向，郑芝龙认为清朝取代明朝不就是换一个主子吗？这也为他后来投降清朝埋下了伏笔。但他的儿子郑成功是个比较坚定的抗清分子。郑成功出生在日本，六岁之前随母亲一直居住在日本平户，他母亲是位日本人，名叫田川氏。严格来讲，他身上有一半是日本血统。六岁之后由于父亲郑芝龙接受了明朝政府的招安，他便随母亲回到了中国，从此便在泉州府安平镇定居。郑成功从小就酷爱读书，学习四书五经，并且喜欢听他母亲和老师讲韩信、岳飞、文天祥等一些历史名人忠君报国之事，这也培养出了他日后忠于国家忠于民族的那颗赤胆忠心。长大之后，郑成功随父亲郑芝龙一同辅佐南明隆武政权，父亲把他推荐给了隆武皇帝，因此他深得隆武皇帝的信任。

此时，荷兰的殖民者已经霸占了他父亲经营多年的宝岛台湾，他便在心中暗暗发誓一定要率军收复台湾赶走那些荷兰殖民者。1646 年 8 月，清军攻克浦城、霞浦，郑芝龙见时局不利，便不打算支持南明隆武帝，遂与清朝洽商投降事宜。在此期间，他也曾劝说过儿子郑成功投降，而郑成功断然拒绝了父亲的劝说，并且对他说道：“自古以来，父亲只教儿子忠君报国，从来没有教过让儿子投降的。”说完之后郑成功开始对父亲苦苦相劝，劝说他不要投降，但郑芝龙决定投降清朝的决心已定，无论怎么劝说也无济于事。无奈之下，郑成功便把父亲送至孔庙哭庙，焚儒服，对自己的父亲说："若父亲一去不回，孩儿将来自当为父报仇。"后来，郑成功率领父亲的旧部继续在中国东南沿海一带抗清，成为南明后期主要的军事力量。隆武政权灭亡后，郑成功开始于沿海地区招兵买马，在南澳募集了数千兵力。1647年1月，他在小金门以"忠孝伯招讨大将军罪臣国姓"之名誓师反清。1661年，由于郑成功在大陆抗清军队的接连战败，他便将兵力集中在了海上，把目光投向了荷兰人占领的台湾，决定收复台湾来兑现当年在心中暗暗许下的誓言。1662年，郑成功率领舰队浩浩荡荡从金门出发，突破荷兰人在台湾海峡的防线，利用海水涨潮的机会驶进鹿耳门内海，从木寮港登陆侧面进攻赤嵌城，切断了荷兰军与台湾的联系。在战斗中，郑成功一声令下把敌军紧紧围住，六十多只战船一齐发炮把"赫克托"号击沉。又击溃了台湾城的荷兰援军，赤嵌城的荷兰军在水源被切断、外援无望的情况下向郑军投降。而盘踞在台湾城的荷兰军仍负隅顽抗，郑成功便在台湾城四周修筑土台，将其围困了八个月之后，下令向台湾城发起强攻。1662年，荷兰军头目揆一被迫到郑成功的大营，在投降书上签字。至此，郑成功从荷兰人手里收复了沦陷三十八年之久的宝岛台湾，从而结束了荷兰东印度公司在台湾的统治，开启了明郑政权对台湾的统治。郑成功收复台湾，是中华民族反对外来侵略者的成功尝试，维护了中华民族的利益，捍卫了中国的主权和领土完整，具有重大的历史意义。从郑成功忠于明朝的角度上来讲，郑成功收复台湾是明朝政府自戚继光抗倭反对侵略以来最后一次在反对侵略的战争中赢得了伟大的胜利，也为大明王朝带来了它最后的辉煌。与后来清朝向侵略者卖国求荣、损害主权、屈膝求和的做法形成了鲜明的对比。而郑成功也因为这次伟大的胜利，被后人称为历史上的民族英雄。

最后一个要介绍的是吴姓，这也是我的第二个姓，吴姓在《百家姓》中排行第六，人口两千四百多万，占全国人口总数的百分之一点九三。主要集中在广西、福建、贵州、江苏、广东五省，乃全球华人十大姓氏之一，分布于全国各地乃至东北亚、西南亚地区，是继李姓以来又一个遍及世界的广泛姓氏。吴姓出自姬姓，以国为氏，为皇帝轩辕氏后裔。吴姓的渊源由四大支系组成即姜姓、吴回氏族、姚姓和姬姓，其中姜姓吴氏的历史至少有五千年，第五支出自外族的改姓。姜姓吴氏出自炎帝大臣吴权之后，属于以氏族名称或国民为氏。吴姓人物早在炎帝、黄帝时期就已经存在了。炎帝之臣有一个叫吴权的，他的后代是中国乐曲的发明者。有一个因为勇敢彪悍、善于狩猎而以"吴"为称号的原始氏族在尧舜以前活动，《尚书》《春秋》《国语》《史记》等经典史书都有记载。只有以广博、繁杂著称的宋朝人罗泌在他的《路史•国名纪》中，才以吴权的氏族为第一个吴氏族。《路史•国名纪》说道：吴权是炎帝之臣，可见吴人最初是从属于炎帝、黄帝部族集团的。《山海关•海内经》记载了一个有趣而又奇异的故事：吴权的妻子叫阿女缘妇，她与炎帝的孙子当时为黄帝之臣的逢伯陵通奸怀孕，三年后一胎生三子，分别叫鼓、延、殳。鼓和延传说是钟的发明者，也是乐曲的最早发明创制人。中华民族是以黄帝作为共同的始祖之神，据《路史·国名纪》记载：黄帝的母亲，是古代吴人的一位女性成员，名叫吴枢。到颛顼帝时，又有个叫吴回的，他和其兄重黎先后担任火官——祝融。吴回成为南方祝融部落的首领后，吴氏族不断发展壮大，并逐渐分离成八个氏族，昆吾氏就是其中之一。夏代少康时有个人叫吴贺，他以善射著称，曾和当时的神射手后羿比射，史籍《帝王世系》载有其事。《中国姓氏大全》中就说道："传说中夏朝国王少康时有吴贺，其后有吴氏。"姬姓吴氏出自黄帝后裔古公亶父之子太伯，属于以国名为氏。黄帝是中华民族的人文始祖，也是吴姓历史上记述的远古初祖，他居住在姬水流域，以姬为姓。相传黄帝娶了四位贤淑的妻子，生了二十五个儿子，其中得姓者十四子，其后分十四支部族。公刘下传数代到古公亶父时，中原已进入殷商时期，这时周人又受到戎、狄的侵扰，在古公亶父率领下被迫离开幽地继续迁徙。周人一路南迁，他们爬过梁山，渡过漆水、沮水，到达岐山脚下的周原。周原可谓周人居住的祖地，这里的土地肥沃，适合多种庄稼生长，古公亶父一改周人沾染上的戎狄游牧民族生活习惯，建立城市和村庄，让族众过定居生活，并在周人氏族制度的基础上设置了官职，建立了近似国家职能的行政管理制度。周人、周族的称呼就是因为古公亶父及其部落定居周原而来。太伯、仲雍奔吴后，季历得以顺利继位，后传位给文王姬昌。周文王姬昌不负祖父古公亶父的厚望，为灭商振兴周族苦心经营，其子姬发继位后，向商朝大举进攻，四年后灭亡了商朝，建立了周王朝，最终完成了复兴周族的大任。周初，太伯、仲雍受到周王朝表彰，其后裔受封于吴，建立了强大的吴国，后世吴姓子孙便把太伯、仲雍奉为姬姓吴氏始祖。姚姓吴氏乃是虞氏舜帝之后，这一支尽管没有最终延续下来，但仍可简略提及。中国古代第二圣人孟子曾指出："姚舜，东夷人也。"这是因为帝舜来自虞氏，而虞氏是东夷集团中著名的一支。有虞氏其实就是遥远的野蛮时代那支自西北、中原动迁到中国大地东南海滨的吴人后裔。有虞氏即"虞"，就像周人称有周，夏称有夏氏一样，虞称有虞氏，带有一种神圣吉祥之意。虞，就是吴人，上古吴、虞不分。在《山海经》中，帝舜的氏族成员如《大荒东经》中所记的司幽、白民、黑齿等族，正分布在水神天吴所凭依的朝阳谷周围，这一有趣的历史巧合正说明了帝舜有虞氏也是天吴神的后裔。姚舜的三位夫人，嫡妃娥皇无子，二夫人生了一位公子叫商均，三夫人登比氏生了两女八子，但子女都为不肖子孙，只有商均能继承父业。舜去世后，中原形势发生了巨大的变化，夏禹争取了有虞氏的部落首领职位，建立了中国历史上最早的国家——夏王朝。禹分封舜的嫡长子商均到有虞氏地区，继续当有虞氏的首领，有虞氏成为夏代的一个小方国，当时已从陕西动迁到今河南省虞城县北，国号为"虞"。在夏初，虞国有虞氏曾帮助亡国的少康，并将两个美丽贤淑的女儿嫁给少康为妻，最终帮助少康恢复了夏朝。商代以后，虞国衰落中绝，大约从商均开始，姚舜的嫡传之孙便以虞、吴为姓。到了战国时代，吴、虞便开始分家，就这样舜的嫡传后裔才一分为二，一部分以"虞"为姓，而另一部分则以"吴"为姓，这就是姚姓吴氏来源的真相。除此之外，其他少数民族都有吴姓，例如满族、苗族、哈尼族、侗族、壮族等。他们当中的吴姓有的属于汉化改姓为氏，有的是因为与汉族人通婚而融合于汉族文化所演变而来的姓氏，这里就不一一说明了。

自公元前473年，吴国灭亡至今两千余年，吴姓子孙不仅在祖国内陆往复迁徙，而且远播国外。这也是它能成为全球华人十大姓氏之一的主要原因。早期的吴姓主要迁往邻国越南、日本、朝鲜，后来又陆续迁往南洋诸岛繁衍生息。到了近代，由于西方列强的入侵，中国国门被打开，中西方经济文化的往来加强，一部分吴姓子孙远迁至欧美各国。随着经济一体化的浪潮，吴姓子孙已经遍布全球。日本与吴国的故地隔海相望，国家灭亡之后，吴国王室的一些幸存者东渡日本，此后便在那儿扎根，他们给当初落后的日本带来了文明的种子，因此不久便建立起威望和地位，成为当地民众的首领。这一批优秀的吴姓族人在日本极为兴旺，它的一支演变成日本皇室。汉、魏至隋、唐时期，日本吴人怀念故土，倭王曾多次派遣使者朝拜大陆王朝，并郑重声明：日本王室是吴太伯的后裔。中国的史书《魏略》《晋书》《梁书》《北史》都有记载这类大事。今天的日本皇室就是吴姓后代，这一历史事实引起了中日许多学者、史学家的浓厚兴趣。元朝初年，中国史官金履祥在他的《通鉴前编》中提道："日本又云吴太伯之后，盖吴亡其支庶人为倭。"不久，在海洋彼岸的日本著名僧人中岩园在《日本纪》中也得出了同样的结论。数百年后，到了民国初年，吴氏裔孙吴佩孚将军在查看吴氏家谱的时候惊奇地发现他和当时的日本天皇同为吴太伯的第一百二十一世子孙。时至今日，日本学者鸟越宪三郎、日下恒夫等更推定吴人东渡日本大约在公元前450年，即越灭吴以后，这一批东渡日本的吴姓宗族成员今天已经完全同化和融合到日本民族中，但有的后代数千年仍保留着自己的血缘标志，那就是"吴"，演化成今天日本的"吴""吴人""吴羽""吴服""吴汉""吴服部"等许多姓氏。如当代日本著名经济学家、日本大学经济学院院长吴文炳博士，日本统计学家、"国势普查之父"吴服聪，都是日本吴姓的佼佼者。但也有一部分东渡日本的吴人，已经演化为其他的姓氏，如"松野"等。日本《新撰姓氏录》中记载："松野，吴王夫差之后，此吴人来我始也。"

越南和中国一衣带水，在民族独立前曾是中国封建王朝的统治辖区。吴姓人迁往越南的时代更早，春秋末年越灭吴，除了一部分迁居日本之外，还有另外一部分向南迁移加入了越人的队伍，后来越国灭亡，吴人又随越人继续南迁，大约在秦汉时期到达越南地区。秦汉以后，内地吴姓人因做官、经商、从军等原因陆续有人迁居越南。唐中期，渤海吴氏裔孙吴纳任官安州刺史，举家迁到越南北部，此事记载于唐元和年间林宝编撰的《元和姓纂》。南迁越南的吴姓子孙不断开拓进取，建立了功业。唐末五代时期，南迁越南的吴氏裔孙吴权在越南建立了吴朝。据《丹阳吴氏宗支录季扎以下世系》记载：吴权家族出自延陵吴氏，唐昭宗时，吴权生于唐王朝属地林州，其父吴日文是当地政府长官——州牧。吴权自幼胸怀大志，性格沉稳，成人后借父之威，先后击败附近地区的武装割据势力，建立了越南历史上最早的独立王朝——吴朝，遗憾的是吴朝只经历吴权、吴昌炽父子两代，就被丁朝取代了。此后，吴权后裔散居于越南各地，据说吴权后世子孙在姓名中间加一"昌"字，以作为吴权家族的标志。在吴朝以后一千余年中，又有许多汉族姬姓吴氏迁入越南，进一步壮大了吴姓队伍。在越南吴姓的这支队伍之中也不乏一些在越南历史上有名的人物，如越南黎朝时期杰出的史学家吴士连，他创作了越南第一部编年体史学著作《大越史记全书》。李朝时又有著名学者官僚吴俊，近代越南吴氏著名人物为南越政权最后一任总统吴庭艳。

朝鲜与中国东北相邻，自夏商以来就是中国的附属国，吴姓人到达朝鲜地区早在战国时期就开始了。据《后汉书》记载：东汉陈吴氏裔孙吴凤官任乐浪郡太守，举家迁居朝鲜，此后的历代王朝又有不少吴姓人迁入朝鲜，今天他们已经完全融入朝鲜民族，成为朝鲜吴姓的一部分。吴姓在今天朝鲜的一百四十三个姓氏中为二十个大姓之一。

在东南亚和欧美地区，也有中国的吴姓华侨在此定居。从元明时期开始，吴姓人就开始移居东南亚，菲律宾的吴姓华人家族主要来自福建沿海地区，也有来自广东、台湾地区的吴姓人，但迁居时间比较晚。据统计，19世纪末菲律宾首都马尼拉大约有五万华侨华人，其中吴姓人口位居第七。20世纪以来，吴姓人的影响逐渐扩大，1904年成立的马尼拉商会，吴克诚是发起人之一，他是自福建晋江移民到菲律宾的。后来，吴克诚成为当地维护华人权益运动的领袖。抗日战争时期，菲律宾华人组织了"菲律宾华侨抗敌委员会"，成员中有吴姓人吴道盛等人，其下属抗日游击队福建队的指导者也是吴姓人吴扬，由此可见吴姓人在菲律宾的影响。当西方列强打开中国的大门之后，吴姓人又从中国走向了欧美。在当代美国华人社会中，吴姓宗族的发展之快、势力之强、人才之多，又远在其他姓氏之上，令全世界刮目相看。其中，美国华人中的吴姓风云人物有祖籍浙江余杭的吴家玮，他是第一位华人校长——加利福尼亚州立大学校长，1984年全美华人协会会长。祖籍浙江余姚的吴仙标，1984年当选为第一位美国华人副州长——特拉华州副州长。另外还有美国物理学会第一位女会长、著名物理学家、科学院院士、美籍华人吴健雄；美国华人任职最高者广东客家籍华人吴达和，任美国夏威夷州州长；第一位华裔奥斯卡金像奖最佳电影男配角吴双。

在中国历史上，吴氏家族也是出人才出得比较多的姓氏。唐代时期有大画家吴道子，被后人称为"画圣"。明代时期有著名小说家吴承恩，以他的著名作品《西游记》闻名于世，至今仍受到全世界人民的赞美和喜爱。清代时期的著名小说家吴敬梓以小说《儒林外史》而成为杰出的讽刺作家。民国时期的北京大学教师吴虞在《新青年》上发表《家族制度为专制主义之根据论》《说教》以猛烈抨击旧礼教和儒家学说，被胡适称为"中国思想界的清道夫"。现代吴姓名人也是多得不得了，在娱乐界当中，比较出名的有吴彦祖、吴孟达、吴京、吴奇隆、吴启华、吴雯静、吴君如等。

姓氏是一个家族的根源，它是中国民间文化的一种以特殊方式存在的家族文化，饱含着我们对于一个家族的演变过程的具体了解，也寄托着后世子孙对于祖先的缅怀和敬仰。"赵钱孙李，周吴郑王"的一撇一横中凝结着我们对于祖先的思念情怀，"冯陈褚卫，蒋沈韩杨"蕴藏着我们对于家族和血缘关系的延续与传承。当我们背诵起《百家姓》里每一个姓氏的时候，总会在不经意间流露出对姓氏的发展和演变过程的考证和追忆，从而想起祖先创造姓氏时的波折和艰辛。亲情之间，血浓于水；同姓之间，血浓于情。在山西洪洞的大槐树下，我们总能找到祖先们当年在此留下的身影，总能听到关于祖先们从这儿迁移到全国各地的故事。"问我祖先在何处，山西洪洞大槐树。祖先故居叫什么？大槐树下老鸹窝。"这首民谣在大江南北、长城内外祖祖辈辈口口相传，六百年来大槐树迁民遗址早已在炎黄子孙心中深深扎下了认祖归宗之根，这里被称作"家"的代名词，也被看作"根"，如今它已是现代人到此寻根祭祖的兴盛之地。六百多年前，明朝政府将山西境内许多移民集中到洪洞，再分批迁往其他省份。据《明史》记载，自洪武六年到永乐十五年近五十年内，先后共计从山西移民十八次，其中洪武年间十次，永乐年间八次。这些移民主要迁往河北、河南、山东、安徽、江苏、湖北、陕西、甘肃等十余省，五百多个县市。关于洪洞移民集中地点处的那棵大槐树，还流传着这样一个关于它的故事。传说，明朝政府在山西洪洞组织移民的时候，在洪洞县贾村有一古刹名叫广济寺，寺旁有一棵大槐树，明政府在广济寺为移民登记，发给凭照、川资，而后再由此处编队迁送。当百姓在离开洪洞时，人人悲伤，个个哭泣，他们拖儿带女，扶老携幼，肩挑箩筐，手拄破棍；有的灌一桶霍泉水，有的撮一把洪洞土，有的藏几片槐树叶，三步一回头，五步一转身，状极可悯。当广济寺在视线中渐渐消失时，人们总想在最后一瞥中寻找纪念意义的东西来作为怀念故乡的标记。此时，恰好能看见耸立在广济寺旁的那株古槐。那槐树苍老挺拔，枝繁叶茂，高耸入云，在秋阳的照耀下，闪烁着翠绿色的光亮。树上还有乌鸦窝，高筑枝头。于是，这株古槐上老鸹窝的形象便牢牢印在所有迁民的心中。以后，随着时间的推移，人们父传子，子传孙，大槐树的故事就这样一代一代传了下来。而如今，那棵古老的大槐树早就已经没有了，今天人们在洪洞县所见到的这棵大槐树，是后人为了纪念当年那棵大槐树所栽，在那棵大槐树的树底下，不少当年从这儿移民去往全国各地的百姓的后代聚集到这里，向着他们祖先迁移时的地点朝拜。在朝拜的过程中，除了想象起当年祖先的那段鲜为人知的传奇故事之外，他们一定还会想起祖先传承下来的姓氏。

我们的根在哪里？我们的祖先是谁？这些问题随着历史以它那传奇故事般地变相发展，谁都不可以做出准确而又肯定的回答。但是我们可以从我们的姓氏当中寻找到一点答案；姓氏文化，经久不衰，百家姓就是一个家族，在历史这般奔腾不息的洪流中经过不断的变化，讲述着它的那段传奇经历。姓氏既是我们的根，又是我们家族的标记，我们的血液流淌在这里，我们家族的传奇故事也传播在这里。我们的祖先创造了姓氏，然后一代一代流传至今，留下了一个家族不朽的传奇经历，虽然时代总是在变，但是我们的根、我们的血脉永远不变，因为我们有姓，而我们的姓是炎黄两帝留给我们的遗产和血脉。